河出文庫

仝
selected lectures 2009-2014

佐々木中

kawade bunko

河出書房新社

自己の死をいかに死ぬか　7
歓び、われわれが居ない世界の――〈大学の夜〉の記録　65
「夜の底で耳を澄ます」（二〇一一年二月六日、京都 Mediashop における講演）を要約する十二の基本的な註記　111
砕かれた大地に、ひとつの場処を
――紀伊國屋じんぶん大賞2010受賞記念講演「前夜はいま」の記録　123
屈辱ではなく恥辱を――革命と民主制について
――二〇一一年四月二八日、地下大学での発言　180
変革へ、この熾烈なる無力を――二〇一一年一一月一七日、福岡講演によるテクスト　216
「われらの正気を生き延びる道を教えよ」（二〇一一年一二月八日、京都精華大学における講演）を要約する二十一の基本的な註記　248
失敗せる革命よ知と熱狂を撒け
――京都精華大学人文学部再編記念講演会「人文学の逆襲」の記録　270
跋　329

仝

selected lectures 2009-2014

自己の死をいかに死ぬか

セミナー概要

ハイデガーは、「人は他人の死を経験することはできない」と言っている。自明の理だ。誰が他人の死を経験することができるだろう。誰彼が死んでいくその様子を見守るときでさえ、彼の死を自らのものとして引き受けることはできない。誰かの身代わりに死ぬという、あるいは英雄的ですらあろう行為をするときでも、その「誰か」が死ななくなるわけではない。

しかし、どうだろう。他人の死を経験することができない、それはその通りだ。しかし果たして、人は自分の死を経験することができるのだろうか。もう一歩踏みこんで言おう。自分が死んだことを確実に知っている死者というものが、果たして一人でも存在するだろうか。彼女は死んだ、彼は死んだ。しかし、自分が死んだということを知りつつ「死んでいる」ことが誰に可能だろうか。

（死の問題。死の処理の問題。膨大な知、人間の有史以来のすべての知が惜しげもなく投入されてきた問題だ。一神教も、そして実はより深く仏教も、「死」をある意味で「無効化」するためにこそ、「真の死」を置いたのではなかろうか。誰もが真の死を死ねるとは限らないのだ。）死には、「向こう」も「こちら」もない。おそらく、死の彼岸は存在しないが、死の此岸も存在しない。だから？

われわれはいつか端的にそして淡々と「われわれは死ぬ」と言うことができるようになるかもしれないということである。その前に「どうせ」などと、その後に「だから何をしても無駄だ」などとつまらない台詞を付け加えることなく。

明日死ぬかもしれないのだ。これを書いている私も、読んでいるあなたも。是非、セミナーの当日まで、われわれが生き延びて会うことができることを心から望んでいる。それを信じよう。それを信じることができなければ、どんな約束も可能ではなくなってしまう。どんな人間の営みも可能ではなくなってしまう。何月何日何時にどこそこで落ち合おう、という誰もが毎日しているたわいもない約束ですら、実は「それまであなたが死なないことを私は信じている」と言い合う、切なる信仰の表明なのではないのだろうか？「聖なる」という形容すら受け入れることが可能であろうほどに敬虔な信仰の？　そういうことだ。それでは！

＊　＊　＊

僕は去年の晩秋に『夜戦と永遠――フーコー・ラカン・ルジャンドル』（以文社）という本を出したのですが、今日はその本で語った内容とできるだけ別の、違ったことをお話していきたいと思います。本の方では厳密に註をつけてやったので、今日はわりとざっくばらんに行きたい。多少論述や論拠に乱れがあっても、この場の話の流れを大切にして、テーブル・トークみたいな感じでね。

一　オウム真理教と死の絶対的享楽

ある人がこういうことを言っていました。たとえば「真珠湾攻撃」や「第一次世界大戦勃発」のようなトラウマ的かつ世界史的な事件が勃発したときに、君は何をしていたかときくと、人は意外と覚えているものなのだ、と。その瞬間、どこで誰と何をしていたかを、まざまざとね。洗濯をしていた、学校の屋上で昼寝していた、恋人と愛し合っていた……云々って、映像として克明に覚えているものなんだそうです。

で、僕が例えば大学の非常勤講師とかで大学一年生を教えていても、やっぱり彼女ら彼らも覚えているんですね。オウム真理教が起こした地下鉄サリン事件は。小学校三年生ぐらいなのに。それでも、何かすごく厭な、尋常ではない、異常なことが起こってしまったんだな、自分が生きている「ここ」は「そういう」世界だったんだ――という驚きは、その一報を知らされた時自分が見ていた光景とともに、かなり鮮明な映像として覚えている。

僕の古い知人で、美学とか現代美術専攻で、不謹慎な冗談を言うやつがいるんです。世界中の、まともな大学で使われている現行の教科書に、最近の人で必ず名前が載っている日本人、しかも日本人自身は載っていることを訝しがる日本人が二人いる。それは赤瀬川原平と麻原彰晃だと（笑）。それ以外にこの二人に共通点は何もないんだからほんと不謹慎極まりない発言なんだけど（笑）。でも載っている。僕は残念ながら英仏のものしか見たことないけれど、赤瀬川さんは若いころからの前衛芸術家としての達成で、だいたい現代美術史のしっかりとした教科書、通史には載ってるんですね。で、麻原は大都会で現代にはじめて大規模化学兵器テロを起こした人ですから、世界中のあらゆる警察、特殊警察とか、あるいは軍隊、士官学校の教科書に必ず載ってます。

それくらい、地下鉄サリン事件は歴史的な事件だったんです。あの「嫌な感じ」というのは、普通じゃないですよね。みなさんも覚えているでしょう？　あのとき自分が何をしていたのか、覚えていると思う。数の問題じゃない。死傷者の数なら他に遙かに多い事件がありますからね。それでも、ジャック・デリダが突然「大変なことが起きたな」と鵜飼哲さんに国際電話をかけてきたらしいのですが、それれくらい尋常じゃない感じがあった。あの事件と、事件を起こしたあの団体には、ね。では、あの「嫌な感じ」って、いったいどこから来たんだろうか。いろいろある。いろいろあるけれども、その核心の一つはやはり「バルドーの導き」という、彼らのビデオに集約されている「何か」だと僕は思う。ざっくり言えば、それは洗脳用のビデオなんです。古今東西の映像資料とか映画の映像とかから、死体の山みたいなシーンを延々ピックアップしてつなげてずっと流すわけです。不愉快で、破廉恥極まりない、許しがたい映像なんですけれども。でも、こういう映像がずーっと流れて、それに被ってくる声がある。それは麻原彰晃自身が語る、こういう声です。「われわれは死ぬ。みんな死ぬ。必ず死ぬ。死は避けられない」。それがずっと繰り返される。で、「どうせ死ぬんだ」というわけです。みんなどうせ死ぬ。死ぬんだから、八十年の人生が三十年になるからって何だ。どうせ明日にも死ぬかもしれないし、絶対に死ぬんだ。死からは逃れられないんだ。だから君の無意味な生を、尊師のために捧げるべきだ、と。尊師の説く真理のために捧げるんだ、と。そういうふうに持って行くわけです。

当時オウム真理教の外報部長だった「マイトレーヤ」上祐史浩という人がいます

ね。彼はわかっていたと思うんです。なぜなら、麻原が捕まった直後に、彼は記者会見で即座にこう言っていた。麻原が逮捕されてしまったけれども、それでも、われわれはみんな必ず死ぬのだというこの絶対的な真理を中心にして、やはりやっていきたい、って。僕、このテレビでの記者会見をものすごくはっきり覚えています。彼はたぶん麻原彰晃の教義の中核をやっぱり摑んでいたんだと思う。麻原彰晃の教えは、原則としてはあれはいろいろな教義の奇妙なアマルガムで、まずは原則としては仏教ではないですね。ヒンドゥ教のシヴァ信仰の一つのパターンに過ぎないとは、かろうじては言えるのかな……あれは。

でもまあ、当時、あの教義を見て褒めあげていた人たちがいろいろいましたけど、それはやっぱり問題だったと思います。どうかしている。端的に勉強不足だったと思う。これは『夜戦と永遠』で詳しく述べましたけど、パーソナルな「体験」を中心にしてそれを特権視する宗教は、原理主義であって宗教ではありません。世界宗教の教祖は、誰だってこういう「体験主義」を脱構築するようなことをはっきり言っているんですよ。本当は。

「死は避けられない」という命題

でも、それは置いておきましょう。なぜなら、問題は残るからです。じゃあ、われわれはこの命題に反論できるのか、という問題が。われわれは死ぬ。われわれはみんな死ぬ。われわれは確実に死ぬ。死は避けられない、だから、という、この命題に。だから？……だから、どうしましょうか？　みなさん。

まあ、どなたでも仰る訳じゃないですか。「どうせ死ぬんだ」って。大学の哲学の先生から、そのへんの欲求不満の中学生までね。誰だって言うことです。面白くもない。でもね、ちょっと先回りして言うと、この「どうせ」が余計なんですね。本当に微妙な違いだけれども、「どうせ」がついたら、何をどう言い訳したって、僕は駄目だと思う。麻原彰晃と言っていることは変わりない。「どうせ」死ぬん「だから」という、そういう極めて悪しき、人を搾取と恐怖と困憊と惨めな錯乱にしか追い込まない「ストーリー」になってしまうのです。――いや、これを語るのはまだ早いですね。

それでも食い下がっていきましょう。それでもね、われわれは死ぬわけです。うん。でも、「人は死ぬ。だが、さしあたっては自分の番ではない」。みんなそう思ってる。

今、これ、『存在と時間』の五一節をそのまま読み上げたんです。「とりあえず自分の番ではない」と言って、われわれは生きているわけです。でも、死なない人はいません。ここにいらっしゃる、今日おいで下さった方で、死なない人はいますか。同じことですが、この中で、死んだことがある人はいますか。――やめてくださいよ、冗談でも手をあげないでください（笑）。臨死体験をしたことがある、という方ならおられるかもしれません。でも、それは死ではないんです。「行って帰ってこない」というのが死の定義ですから。とりあえずはね。帰ってきちゃったら、それは単に生きてたんです。それだけのことです。そうです、われわれは死ぬんです。一人残らず死ぬ。百年もしたら、たぶんここにいる人は誰もいなくなるわけです。これは確実絶対な真理である、と。

自分と世界の滅びが一致してほしいという欲望

死ということ、死ぬということ。これをバネにして、オウム真理教は何をしたかったのか。やっぱり内部資料を読んでいくと、彼らは自殺をしたかったんだなという印象がある。そういう記述がやっぱりあるんですね。もちろん最初は「われわれは選ばれた民であり、死ぬのはオウム真理教に入っていない人びとだけであり、われわれにはそういうやつを殺す権利があるのであり」……と言っている。でも最終的にその特権性というのは、どこかタガが外れていく。自爆というか、自分もろともこの世界を滅ぼしてしまおうという思考にだんだんずれていってしまうわけです。そうじゃなかったら、ちょっとサリンなんか使わない。サリンっていうのは、ご存じの通りナチスが開発した化学兵器でね。ナチスですら取り扱いが危険すぎて、貯蔵はしていたけど、強制収容所でもなかなか使えなかったというほどの代物ですから。

彼らは、ある種自殺的な、もっと言えば、「自分の死の瞬間がこの世界の滅亡の瞬間と無限に重なる一点」を「絶対的享楽」として、つまり「死の享楽」「滅亡の享楽」として欲望していたんだろうと思う。世界中にさまざま「病んだ終末論」というものがありますが、そのなかにはこの欲望、この享楽があるわけです。自分の死の瞬間が、自分の世界の滅亡の瞬間であって欲しい。自分が死んだ瞬間、全ての人もそこで死んで欲しい、というね。この延長線上にこういう思考もある、「この自分の生の時間が、歴史の終わりの時間であって欲しい」「この自分の生の時間が、絶対的な終わりであり始まりである、特権的な時代であって欲しい」。全く幼児的な思考です。宗教思想にかぎらず、近代哲学だって現代思想だってこういう思考は見られるわけです。同じ穴の狢ですよ、これは。

念を押しておきます。みんな意外とこれを知らない。イエスは、かの神の子イエス・キリスト自身は何と言っているか。聖書の原典を読み上げますよ。イエス曰く、(終末の)「その日その時はだれも知らない。天の御使いたちも子も知らず父だけが知り給う」。これは『マルコ福音書』です。一三章三二節です。その直前にイエスは「この時代は過ぎ去らない」という意味のことをすら断言している。こう言い切ってしまってかまわないでしょう――心せよ、終末の期限を切る者は悪魔である、とね。終末は来る、とはイエスは言っている。けれども、いついつ来るなんて言っていないし、いま自分たちが生きているあいだに来るとも言っていないわけです。これってすごく大きな違いなんですね。イエスが、他ならぬイエスがこう言っている、ということは、これはひとつ今日はみなさん胸に持って帰ってください。キリスト教を自称する幼児的な終末論を振りかざすカルトや思想に騙されないで済みますから。

しかしまあ、何でこんなに人間は、ハルマゲドンとか好きなんでしょうね。ハルマゲドンというのは「メギドの丘」という意味ですけど。イエスが生きてたナザレの近くにある只の丘で、当時よく戦争の舞台になっていたってだけです。ローカルな話なんですよね。しかし、映画でも小説でもマンガでも何でも、何かというと世界の運命を賭けて戦っちゃいますけど、あれは何なんでしょうね。そうしないと盛り上がらないのでしょうか。それって不感症なんじゃないのかなあ……(笑)。

それは根深い欲望なのかもしれない。自分が死ぬ。自分は死ぬ。だからみんな死ね。みんな死ね、みんな死ねばいいのに——でもそんなことを思っている俺も死ね、ってね。そうだね、自分の死の瞬間と、世界の終末が一致すれば一番いいのかもしれませんよ。だって、もしかして自分の死んだ後に、世界が黄金期を迎えるかもしれないですからね。それは耐え難いことなのかもしれません。ですが、自分の死の後にも、自分の死なんて全く顧みず無関心に、世界は続くわけです。唐突に言います。前世は存在します。自分が生きている前の時代です。来世は存在します。自分が死んだ後の世界です。自分が生きることができない日々があったし、あるだろう……たったこの程度のことが、ふと全く耐えられなくなる瞬間が訪れる。それを解消するのが「自分と世界の滅びが一致する絶対的瞬間」という訳ですね。

二　死の、破滅への欲動をいかに回収するか

さて、どうしますか。こういう観念を批判するのは簡単です。終末論批判なんて誰でも出来ますから。でも、この「死」の圧倒的な事実性には、みんなたじろぐしかないでしょう。終末論を批判したって、批判したその人が死ななくなるわけじゃないのだから。では、具体的に、「みんな死ぬ」から「みんな死ね」に飛躍することの破滅への欲動を、人間はどう回収してきたのか。

たぶん、おそらく、方法は二つあります。たぶんね。ひとつは、仏教、特に原始仏教と呼ばれるものですね。もうひとつは、一神教です。ユダヤ教、キリスト教、そしてイスラームが実行した方法です。人は死ぬという圧倒的事実、転覆しがたいこの事実を、それでも何とかある種のロジックでひっくり返さないと、この「どうせ」死ぬの「だから」云々せよ、という、驚くべき虐殺や死を招くストーリーを破壊できない。では、どうするか。どうしてきたか。

正直に言います。本当に忸怩たるものがあるのですが、僕はサンスクリットもパーリ語もできません。ヘブライ語もできません。アラム語もできません。だからこれからお話しすることは、僕には全然語る資格はないことなんです。今から聖書と仏典のお話をしますけれども、本当にこれをやろうとすると大変な騒ぎでね。でも僕は幸い宗教学科という変なところを出ていて、先輩にも後輩にもパーリ語とかサンスクリットやヘブライ語がすらすらできるという素敵なマニアがたくさんいる。それで、彼女ら彼らにちょっとこういう話をしてみて、間違ってないかどうかいろいろ聞いて、何とかやっている感じです。だから今からはちょっと軽いお喋りです。とても残念ですが、原語原典には当たっていません。いつかは、とは思っていますけれども。

じゃあ仏教から行きましょうか。年末年始、ちょっと原始仏典を読み直したんですが、やはりブッダってとんでもないやつだなあ、という、素直な感動はありましたね。今の「死の、破滅の享楽のストーリー」を粉砕する極めて、きわめてアクロバティックなロジックを出している。凄まじいアクロバットだけど、筋は通っている。素朴にね、これは美事としかいいようがないな、と。ああ、こうやるのか、こうやればいいのか、というロジックを一つ、出していると思います。

ニーチェが仏教に見たもの

僕がこれから引用するのは、いわゆる原始仏典と言われるものです。今、上座部仏教というタイやスリランカなんかに伝わっているほうの仏教が重視するものです。ニーチェが、『スッタニパータ』という最初期の代表的な仏典を、非常に早い時期に英訳で読んでいるんですね。ニーチェがどの版を所有していて読んだかもちゃんとわかっています。で、ニーチェは、ブッダの考えていることがわかるためには、ヨーロッパ人はあと百年、いや、もっとかかるかもしれない、レベルが違うと言ってる。仏教は究極のニヒリズムである、と言っている。しかし、ニーチェ曰く、ニヒリズムを超えるには徹底的にニヒリズムをやるしかないわけですね。そういう意味でブッダの「究極のニヒリズム」はニヒリズムを徹底化することによってそれ自身を一歩超えようとしている。これはニーチェが他人の哲学に捧げたもっとも深い賛辞のひとつですね。何でかというと——ちょっと回り道しましょう。迂回にさらに迂回を重ねることになっても、今日はかまわないでしょう。

ニヒリズムというものは、二つの形態があります。まず初歩的なニヒリズムがある。「ひとつ」のものに「すべて」の価値があり、ほかの「すべて」には価値がない、とするニヒリズムです。これは、ニヒリズムではなく見える。でもニヒリズムなんです。だから余計に根深いわけなんですが。これはわかりやすいでしょう。天皇陛下万歳、アーリア人万歳、あとはみんな滅びちゃえ、というわけですからね。宗教的原理主義と呼ばれる言説は、だいたいこれですね。「ひとつのものがすべて、ほかのすべては無」。どちらにしろ、「ひとつ」と「すべて」の論理で、これが初歩的なニヒリズムです。

ニヒリズムはもうひとつある。徹底的なニヒリズムです。これは、「すべては無、すべてに価値がない」とするニヒリズムです。普通ニヒリズムというと、こっちですね。第一のニヒリズムから第二のニヒリズムに雪崩れて行く時に、だいたい大惨事が起きる。

で、ニーチェは、まずはこの第二の、徹底的ニヒリズムに到達しなければならないと言う。初歩的なニヒリズム、「ひとつがすべてで、ほかのすべては無」というのは、ナショナリストでも狂信者でも誰でもやっていることでね。彼は、まず「すべてに価値はない」というところに到達しなければならないと言う。そして、しかもそこに入り込むことによってそこを突破しなくてはいけない。そういう文脈で、ニーチェはブッダを礼賛しているわけなんですね。

諸行無常と一切皆苦

ではブッダですね。お釈迦様です。今『聖《セイント》☆おにいさん』って大人気の漫画がありますね。僕も若い友人にすすめられて二巻まで読んだんですが。ブッダとイエスが何故か現代の立川で二人つましく暮らしていて、ギャグがみな聖典のパロディになっていて、という漫画です。すごーくのんびりしたおにいさんとして二人とも出てきます。ちゃんとブッダはイエスより怖い人みたいに描いてあってほほえましくて良いんですけど（笑）。ブッダ、怖いですよ。もっともっと怖い人です。

原始仏典とは何でどのように形成されてきたか、初期仏教の教義とは何か、ブッダの思想とは何か、ということには、本当に膨大でまじめな研究がありますが、要するにごく簡単に言えば、ブッダが言っていることは三つです。もっと突き詰めて言うと二つ。一つは、これはわれわれにも飲み込めます。諸行無常ですね。いわゆる。諸行の「行」は何でしょう。ご存じの通り、「行い」ではありませんね。「諸行無常」とは、「この世に現れる現象すべて」のことです。「すべて」ですね。しかし、「すべては無常である」とはいっても、これはいろんな方が言っているとおり、「ああ無常だ、世の中は儚い」という「詠嘆」を導くものではありません。「日本的無常観」というのは、世界宗教としての仏教の世界では批判されることがよくある。また、中井久夫さんが、日本的無常観こそが、実は第二次世界大戦当時の日本人において残虐行為を導き出したのではないかと警告されていますね。しごくその通りで、どうせすべては無常で、流れていってしまうんだから、「旅の恥はかき捨て」ということになって、何でもやってしまえということになる。諸行無常というのは、そういう「無常観」「無常感」ではない。もっと過酷な、乾いた事実です。ずっとあるものはない。固定したものはない。固定した自我もない。いつか死ぬ、いつか壊れる、いつかなくなる、という端的な事実です。詠嘆なんて入り込む余地はないわけです。詠嘆する時に、詠嘆する自我だけは無常から逃れてしまっているわけですからね。

もう一つは、一切皆苦です。一切皆「空」ではありません。これはヘーゲルの頃からもう誤解があるし、ヘーゲルはそこから徹底的に東洋哲学を馬鹿にするわけですが……いや、長くなるからやめましょう。この苦というのも、すべては苦しみだということでも、ちょっとないんです。少しニュアンスが違うのだそうです。つい先週、後輩に教えてもらったんですけど（笑）。この「苦」はパーリ語では、「欠けている」というニュアンスがある。インコンプリート、欠如がある、不完全である、出来損ないである、未完了である、という含意があるのだそうです。

完璧なものは何もない、完結したものは何もない、完全なものは何もない、ということです。理想の彼女はいない、白馬の王子様はいない。いや、ほんとそうです。冗談じゃなくて、大乗仏典のほうですが、本当に仏典にそういう話が出てくるんです（笑）。

というわけで、すべては固定していない、すべては完結しない、すべては完璧ではない、ということですね。もっと言えば、すべての人は死ぬと言っているんです。『スッタニパータ』なら、岩波文庫に入っている中村元先生が翻訳したので十分にわかりますから、お読みになってください。さっき、「すべての人は死ぬ。必ず死ぬ。絶対死ぬ。死は避けられない」、と言いましたが、それをもっと過激にして、延々何頁にもわたって詩にしたものが書いてあります。しかも、そのなかで、最後に無慈悲にブッダはこう言うんです。おまえは死ぬ。だがそれだけではない。お前は救えない。君の愛する老いた親も、子も、妻も、友人も、誰一人この死から救うことはできない、と。誰も救えず、誰にも救われず、お前は死んでいくんだ、と。そして、サラッとこんなことを言う。「あれをしたらこれをしよう、これをしたら次は、などと齷齪《あくせく》している人々を、老いと死が粉砕する」。こういう身も蓋もないことを言うんです。生は有限で、いつか死ぬのだからそれまでせめて齷齪がんばろう、ではないのです。がんばったって死ぬ、死が粉砕する、そしてその粉砕から、おまえは誰も助けることもできない、と言うんです。ブッダって、そういう人です。諸行無常と一切皆苦って、そういうことです。

ブッダの回答——輪廻転生

では、仏教はこの破滅的な死への雪崩行きをどう止めるのか。それは麻原彰晃的なものを止められるのか。どういう考え方からアクロバティックな論理を出してくるのか。その考え方自体は、仏教以前にもありました。あったし、仏教ができた頃には、すでにわれわれがこの考え方に行っているような批判もすでにあったそうです。僕らにはすごく飲み込みづらい考え方ですけどね。それは「輪廻転生」です。輪廻転生というのは、よくいろんな宗教で使われるんです。何でかというと、簡単だから。これっていちばん簡単なトリックなんです。もちろん、ブッダはこの輪廻転生を、もっと違う使い方をするわけですが。まず普通のトリックとしての輪廻転生はどういうものかを考えてみましょう。

たとえば、われわれだって苦しみを抱いて生まれてくる。もっとイケメンに生まれればなとか（笑）、もっと背が欲しかったなというつまらないものもあるだろうし、僕の友人にもいますが、原爆後遺症や遺伝病でものすごく苦しんでいる人たちとか、居るわけです。生まれつきの境涯というのは選べません。親も選べない。生まれるというのは、それ自体が「選べない」ということであるわけです。誰も生まれてこようと思って、生まれることを受諾して生まれて来てはいないわけですから。何で俺はこういうふうに生まれてきてしまったんだ、なぜこんな境涯に生まれてきたのだ、と人は悩む。でも、輪廻転生というトリックを使えば簡単です。前世が悪かった、これで済むんです。それはね、前世君が罪人だったからだよ、と言えば、一応は理屈が通る。それに、こういうこともある。たとえばね、こう言う人があわれたとする。「この人生、俺に与えられたこの人生を好き勝手やって何でいけないのか、やりたいことをやって死ねばいいじゃん。人を殺したいんだから殺せばいいじゃん。いや俺、別にそれで殺人罪とかに問われて死刑になってもちっともかまわないから、好きに人を殺させろ」。そう言われたら、これはなかなか止められない。でも、やはり輪廻転生というトリックを使えば、「いや、お前ね、来世というものがあってね。そんなことしたら来世ゴキブリになっちゃうよ」って言えば良くなる（笑）。ゴキブリとか便所コオロギになっちゃうから、やめておいたほうがいいと思うよといったら、なぜか不思議に、そんなやけっぱちになった人も、それを考えると嫌になってくるんですね（笑）。これはあまり思想としては上等な部類じゃない。だから僕は「トリック」っていってるんです。これは宗教のトリック、とても上手くできていますけれども、トリックです。トリックとしての輪廻転生ということです。念のため。上等じゃないトリックといっても、僕はこれを否定しているわけじゃありませんよ。

ただ、ブッダという人がいましたからね、仕方がない。彼はこの「トリック」である輪廻転生を、もっと別のものにしてしまった。輪廻転生はその当時もうありふれた考え方で、「なに前世とか来世とか言ってるの？」とか言っている人は、もうすでにいたんですって（笑）。人間そんな馬鹿じゃありませんから。すでにインドには優れた宗教思想、哲学的な試みがたくさんありましたからね。

ブッダが独特だったのは、「たったひとつ、この輪廻転生という考え方を飲み込めば、君たちを死の恐怖から救ってやる」と言ったことです。死ぬのは怖いですすね。

死ぬのは苦しいですね。いつか死ぬ。必ず死ぬ。恐怖です。この恐怖に駆り立てられて、人は何でもしてしまう。……でもね、輪廻転生するんだったら、死んでも死んだことになってないんです。死ぬのが怖い？　でも来世ゴキブリでしょう？　生きてるじゃん！（笑）

次の来世はカモシカかもしれない。でも生きてる。死んだことになってない。そうです。「輪廻転生というたった一つのドグマを飲み込めば、君たちを個々の死と死の恐怖から救ってやる」ということですね。これは徹底的な個々の死の相対化、無効化、軽量化なわけです。

個々の死を超えた「真の死」

個々の死には意味はない。そこに恐怖はない。君たちの恐れている死など死ではない。生まれ変わってしまうのだから。——というわけです。でもね、そこで——ブッダって非常に残酷なことを言う人でね。でも、じゃあ死んでも死んでも死に切れないわけです。ずっと生きて生きて生き続けなくてはならない。でもその生とは、

「一切皆苦」で、苦しみなのです。「死ぬことの恐怖」を、「死ねないことの苦しみ」に転化してしまう。

ブッダは、ある富豪にこういうことを言われます。お前らは無為徒食だと。われわれの共同体の生産力に、お前らは俺たちの施しに縋《すが》っているだけだと。お前らは何も生産しないじゃないか。俺たちが生産しなければ、この世は滅びる。だから仏教も滅びるだろう。それなのに在家を軽くみやがって、一体どうなんだ、と言われるんです。なかなか鋭い、正当な批判でしょう？　でも、ブッダは、「いや、だからこの世界が滅びたって、わたしには全然関係ないんだ」と言い放つ。そんなことは知らない、と。すごいニヒリストですね。ブッダは、この世の人間が全て滅びても、眉一つ動かしません。それは死んだことになっていないから。どうせ輪廻転生してしまうんだから。間違えないでください。ブッダは、ここで絶対的にロックをかける。仏教にはアヒンサーという殺生戒がありますから。はっきり仏典に書いてあるんですが、すべての生が軽くなり、無価値になるばかりか、すべての死までも軽く無価値にしてしまったあげく、卒然と彼は「だからといって殺していいということには絶対にならない」と言うわけです。本当にアクロバットというか、すごい綱渡りをやってのけているわけですね。

死の恐怖を、死ねないことの苦しみに変えること。個々の死を苦しみの生の連鎖に転化すること。個々の死を絶対的に相対化すること。そしてブッダは、こういう個々の死を超えた「絶対的な死」を置く。「真の死」を置くのです。この「個々の死そのものである苦しみの生の連鎖」から完全に脱出し、そこから離脱することが真の死である。するとそれはもう、恐怖でも苦しみでもないわけですね。「二度とは生まれない」ということが真の歓びなのです。これを解脱とか涅槃、ニルヴァーナと言うわけです。念を押しておきます。原始仏典にははっきり書いてありますけど、生きてる間は最終解脱もニルヴァーナも起きませんよ。最終解脱者は生きていません。麻原彰晃は間違っています。ブッダですら、死ななければ最終解脱はできないんです。また、チベット仏教のある宗派では、生きているあいだに解脱したと自称するのは、最大の罪とされています。いままでのロジックをちゃんと追えば、こんなことは当然なんですけれども。あの、ですね、岩波文庫版読んでもわかることなんです、こんなことは（笑）。つまんない仏教入門読むより、直でお経読んだほうがいいです。

だからわれわれを苦しめ脅かすこの個々の死の恐怖をね、「真の死」を、それを凌駕する死を置くことによって、これを一気に相対化してしまう。仏教って基本的に無神論で、神を前提としていない。ただ一つ輪廻転生というドグマだけを飲み込めば、救ってやれる。こういうアクロバティックな、極めてアクロバティックなことをやったのがブッダなんです。ある意味「死の二重化」ですね。

一神教の場合

一神教のほうはわかりやすいので、簡単に済ませましょう。これも「死の二重化」です。われわれの死を相対化するために、真の死を向こうに置く。それでわれわれの死の苦しみを軽減する。キリスト教だと簡単ですよ。最後の審判です。最後の審判が、まさに真の死であって、それにくらべれば、われわれの個々の死は何ということはないわけです。

われわれの死は偽物なのです。死ぬでしょう。で、土葬するわけですね。キリスト教徒は。最後の審判の時になると、呼び出されてゾロゾロゾロゾロ墓の中から出てくるわけですね（笑）。みなさん笑ってらっしゃいますけど、中世絵画を展示してあるヨーロッパの大きな美術館とかに行くとすごい絵がありますね。その「ゾロゾロ死体が出てくる」を本当に描いちゃってる絵が。

世界の終わりにおいて、もう墓から何かゾンビみたいなのがゾロゾロ出てきてるんです。それで「最後の審判」がはじまる。それが救済なわけです。救済である絶対的な死というのが、いつかやってくるという切迫がある。だからこそ今、この個々の死が何ものでもなくなる、ということですね。

でもね、ここで不思議な要請が、キリスト教にしかない極めて奇妙な要請が一つ出てくる。キリスト教徒にとって、いちばん恐ろしいのは、「救済がない」ということです。どういうことか。つまり最後の審判の場に呼び出されなかったら、救済はないんです。救われないんです。そうなると二重の死は機能しない。ただ死ぬ。まったく恐怖にまみれて無駄死にするというだけになってしまう。神に嘉《よみ》されず死ぬわけですから、救いはない。

だから、彼らにとっては、「最後の審判の名簿の中から自分の名が抜けている」というのが、一番の恐怖なわけです。だから最後に神父さんや牧師さんを呼ぶし、死が迫ったら「病者の塗油」をしてもらう。認証してもらう。そしてまた最後の審判のときに呼び出されたときに五体満足でいるために、死体は原則として伝統的には火葬しない、土葬するわけですね。そこでね、火葬するんだったら確実に死にますよね。土葬だと死なない場合があるんです。昔は死の医学的判定といっても曖昧でしたし、実際「うちの娘が死んじゃった」といって埋めたら、コッーン、コッーンと墓の下から音がして、開けてみたら生きてた、ただの仮死状態だったとかいう事件は、中世から十八世紀まで延々あるわけです（笑）。

これは何で怖いか。怖いですね。自分がキリスト教徒として、死をきちんと認証されないと、仮の死だろうと「死んだ」ことを認証されないと、真の死の最後の審判には呼び出されないわけですから。するとと救済がなくなってしまう。だから自分の死を確認してほしい。確実に私が死んだということを確認し、それを神に伝えてほしい。というのがキリスト教徒の奇妙な欲望なんです。それがもしなされなかったら。私が死んだあと、私の死が神に伝えられず、認証されず、最後の審判の名簿に入っていなかったら――本当に無駄な犬死になわけです。何でキリスト教の文明では、あんなにゾンビとか吸血鬼とかグールとかアンデッド、ああしたものがあんなに恐怖の対象になり、いまでも映画や小説の題材になるのかというのは、実はこのことに関わるのです。死なないでいる、死ねないでいる、ということは神様に救ってもらえないということになってしまうから。

三　ハイデガーにおける死の問題

今までは宗教における死の問題について、ちょっと一般的なお喋りでした。今からもう少しだけ厳密な話をします。死の問題というのは、なくなりはしないわけです。現代においてそれを真っ正面から取り上げたのは、やはりハイデガーである。そしてまた、彼がナチスという政治運動と関係を持っていたということは、もはや論証する必要はないと思います。もうこのことに関してウダウダするのは厭なので、簡潔に言います。ハイデガーはナチだから読まない、というわけにはいかないんだということですね。二十世紀最大の哲学者を三人挙げろと言ったら、僕はハイデガーとウィトゲンシュタインとドゥルーズを挙げます。三人です。これは僕の価値判断ですが、おそらく間違っていないと思う。

ナチスの本質って何だったんだろうということについては諸説あって、いろんな社会学的分析、歴史学的分析が可能だと思います。フランスのジャン・アメリーとか、あるいはミシェル・フーコーが後期の講義で言ってることですが、やはりナチスというのは「自殺」を目指していたということです。全世界を巻き込んだ自殺を。ユダヤ人問題の「最終解決」が有名ですが、他にもさまざまな民族集団に対する「解決」を直接的間接的かかわらず示唆したあげく、総統命令テレグラム七一番ですね。敗勢濃厚なときにヒトラーが出した命令です。そこにはっきり書いてある。「ドイツ人の生存条件を破壊せよ」と。

ピエール・ルジャンドルという人は、これを指して正確に「ドイツ民族国家の絶対的自殺」と言います。史上まれに見る、一つの民族が自殺をしようとした企てだと。しかも世界と共に自殺することを、世界の破滅が、自らの自殺と一致するような瞬間を夢見ていたのだと。さっきと同じですね。何かと似ていますよね。そういう瞬間をナチスは最終的には望んだわけです。民族と死、民族の死を。

時間もありませんので、さらっといきましょうか。本当はどうして「存在論」なのか、なぜ「現存在」という用語を使うのか、「手もと存在」とかそういう用語から丁寧に解説しなくてはならないのですが、割愛します。死と民族の問題に集中しましょう。それが今日のお話、「死」の話の本筋ですから。

人間は世界のなかに半ば溶け込むようにして生きている

『存在と時間』のなかに、「現存在はさしあたって大抵は、自分の世界に気を取られている」と書いてあります。「内存在」として「存在の散逸」を生きている、と。どういうことかというと、人間っていうのは、こっちが主体、あっちが客体というふうに截然と分割して、クリアーに世界を認識して生きているんじゃなくて、ある「情態性」、つまり「気分」のなかで、半ば世界のなかに溶け込んで生きているということです。引用しましょうか。「すなわち何かに関わりを持つ、何かを製作する、何かを整頓する、何かを手入れする、何かを使用する、何かを捨てたりなくしたりする、企てる、やり直す、探す、問いかける、考察する、論ずる、規定する、などなどである」。何でもありじゃないか（笑）って感じだけど、まさにこの人生のなかで「生きている、休む、疲れる、怠る、さぼる、成し遂げる」って本当に書いてあるんですね。これ、引用ですよ。「始末する、調達する、懸念する、心配する」。僕たちが日々やっている様々なことごとである。世界が客観で、私は主観、明晰な認識、そういうふうに人間って生きていないわけです。もっと具体的に、世界への関わりとして、半ばその環境のなかに溶け込むようにして、生々しくうろうろと生きているわけです。「あれをしたらこれをしよう、これをしたら次は、などと齷齪」して、ある意味「自失」している。これが「現存在」なんですね。で、もちろんこの「内存在」「現存在」つまりこの世界に半分溶けちゃっているわれわれは、他の人々との「共同存在」である、と言うわけです。

取り換えがきくわれわれの生

ところで、ここから問題が生じてくる。皆さんこうやってここにいらっしゃっている。どこに住んでいても、朝目覚ましに起こされて、ベッドから起き上がって。毎日毎日満員電車に揺られたりしているわけです。満員電車って『存在と時間』のなかに出てくるんですよ。で、こうやってこういうところについてお喋りして、風呂入って寝て。……ぱっとしない毎日なわけですね（笑）。

例えばすばらしい体験があったとしても、それをでは人に話した瞬間に、「ドラマみたい」と言われちゃうわけです。どこかでよく聞いた話になってしまうし、自分がどんなかけがえのない体験をした、「ニューカレドニアに行った、すごくキレイだった」「もう運命の人に出会ったんだよ」とか言っても、「はいはい、どっかで聞いたような話ね」というふうになってしまう。引用しますよ。「現存在は、他の人々の指令下にある。この人でもあの人でもなく、人自身でもなく、いく人かの人々でもなく、全ての人々の総和でもない世間、誰でもない人を生きている」。つまり、みんな自分だけのものは何もないんです。だるーくて、なんもキラッとしたものがない。たまにあったとしても、自分だけのものは何もない。みんな似たような話をしているわけです。同じような服を着て、同じようなことを考えて、同じような欲望を抱いて、同じような異性に憧れて、あるいは同性に憧れて、同じような快楽に溺れているわけです。

また引用しましょうか。「われわれは人もするような享楽や娯楽を求め、人もするように文学や芸術を読み、鑑賞し、批評し、また、そしてまた人もするように大衆から身を引き、人が慨嘆するものをやはり慨嘆しているのだ」。要するにそういう誰でも同じようなものを考え、同じような服を着、同じものを聞き、同じものを、同じ「月9」のドラマを見て泣いて、それから「えー、でも、こういうのってウザくねぇ？」と同じように斜に構えているわけです。自分の個性を立てようとして、そういう通俗的なよくあるものを拒否し批判しようとしても、その拒否も誰かから教えられたようにやっているに過ぎない。誰かから教えられたように斜に構え、誰かから教えられたようにマイナーなものに上目遣いでハマるわけです。そうしたことはすべて、ハイデガーが言うように、「吹聴」「受け売り」「読みかじったこと」だけで出来ている。

ハイデガーはこれを「存在様式の均等化」と呼びます。「公共性は全てを曇らせ、全てを何かもうわかっているもの、全て衆知のもの、万人にもう全て開け放されたものとして公称するのである」「誰もが他人であり、誰もが自分自身ではない」「誰もが中性的な、誰でもない人であり、要するに人ではないのである」。これ、単に引用ですよ。そのまま読みあげてるだけなんですよ。ちょっと凄いでしょう。われわれの空疎でダラーッとした人生のありのままを、スパッと分析できてしまっている。

誰もが同じように生き、同じように反発し、すべてが平準化され、平均化されてしまっているということ。これは実は「取り替えがきく」ということです。ある種の欲望を満たしてくれるんだったら、誰でもいいわけです。何でもいいわけです。取り替えがきくわけです。われわれは全て、取り替えがきく存在になってしまった。みなさん、僕じゃなくたっていいんでしょう。本当は。意地悪を言いますけど（笑）。ハイデガーの話をできるのは、僕だけじゃありませんしね。ということを、ハイデガーが言っているわけです。失礼ですが、僕もあなたたちがあなたたちじゃなくたってかまわない。って、ひどいな（笑）。ひどいんだけど、これがわれわれの生の実相なんです。われわれはお互いがお互いに対して、取り替えのきく存在になってしまったんですね。

共通体験の喪失

こういうある種の「平準化」「交換可能性」を機能させる公共性の水準を考える

にあたって、はっきりハイデガーは「メディア」って言ってます。すべては、メディアによってうすく広められた平凡な話、よくある話になってしまった。自分の真の欲望はなくなってしまい、残っているのは誰かの、誰かから教わった、借り物の欲望なんだということです。要するに自分だけの固有のものは何もなくなってしまった。私だけの愛、私だけの欲望、私だけのスタイル、私だけの体験、そうしたものがなくなってしまった。そうしたものがある、という時代自体が、そうしたものがなくなってしまったということの効果として存在しているわけです。

なおかつ、一人一人固有のものもなくなってしまったけれども、「共通のもの」「共同のもの」もなくなってしまったんです。どういうことか。ハイデガー曰く、「言語の実存論的存在論的基礎は、物語である」。われわれは話し、物語るわけです。さっき言ったでしょう。どんな特別な体験があっても、「ドラマみたい」ということになってしまう。どんな特権的な体験を話しても、物語になってしまう。「よくある話」になってしまうわけです。「その話の中で、人が当然読んでいなければならない本や、人が既に見ていなければならない映画とかを、人は口々に話に乗せる」。で、「見た」「どうだった?」「楽しかった」「良かったよね」――それで終わりです。ここから何か決定的に削られて失われているものがある。つまり、すべてが薄く広められてしまった結果、本当に「分かち持つ」「共通のもの」「共にするもの」すらも消失してしまったということです。「個」も「共」も同時に消えたと言っているわけですね。つまり、その境界線が蒸発してしまった。その蒸発が「公共性」そのものなんだ、ということです。

もう一回言いますよ。自分だけの体験は、言葉を媒介すること、もっと広く言えばメディアを媒介することによって、全て「よくある話」「凡庸な話」になってしまう。だから自分の特権的な体験、自分だけの固有の、自分のかけがえのなさも失われてしまったと同時に、他人のかけがえのなさも失われてしまった。なおかつ、われわれが全て共通に共同に持っていた体験、万人が共感できる体験というのもなくなってしまった……のでしょうか。

死という絶対的な経験

嘘です。ありますよ。自分だけの体験で、自分だけの特権的なかけがえのない体験で、なおかつ全ての人に共通する、すべての人が分かち持つ、絶対的な経験が一つだけあります。何でしょう。死です。

すべての人は死ぬ。ハイデガーもいみじく言うごとく、死というものは、誰に代わってもらうこともできないんです。例えばそこに川があって、子どもが溺れている。まあ僕はあまり水泳には自信がないですけど、一応は助けようとします。助けました。流されました。溺れました。死んだ。彼の身代わりになって死んだ。でも、その助けられた男の子が、死ななくなるわけじゃない。そうでしょう？　その行いが空しいということではないです。そういうことではない。でも、彼の死を肩代わりしたことにはなっていないでしょう？

だから自分の死は、自分だけが、自分で死ななければならない。自分において真にかけがえのない、本当に自分に固有のものは、他でもない自分の死です。自分の死だけは、自分が死ぬしかないんです。なおかつすべての人は死ぬ。みんな、共通に、死ぬのです。失われた私だけの体験、失われたみんなに共通の体験、それは「死」である。そういうことです。

ハイデガーを引用しますか。四七節から五三節です。

「死ぬことは、各々の現存在が、いずれは各自で引き受けなければならないことなのである」。なおかつ「死は目前に差し迫っている」「死は人事ではない。他と比べようもない。それを追い越すことは絶対できない可能性なのだ」「人は死ぬ」「しかし当分は自分の番ではない」と「死からの絶えざる逃亡」をしているけれども、しかしこういう死からの絶えざる逃亡の態度は、「死はいかなる瞬間にも可能であるということを覆い隠してしまう」。いつ死ぬかもしれないわけです。明日死ぬかもしれない。いま死ぬかもしれない。

いろんな可能性を人間は持って生きている。でも、その可能性のうちに唯一、他の全ての可能性を無化する可能性があって。それは死です。死は、「すべての不可能性の可能性」なんです。すべての可能性を不可能にする可能性です。だから特権的な、唯一の可能性なんですね。そこで、ハイデガーは、この死を自ら、自由として引き受けようとするわけです。ただただ死に晒されているだけではなく、その死を自分の自由の根源として逆に積極的に引き受けようとする。そういう「自己とは、世間のもろもろの幻想から解かれた、情熱的な、事実的なおのれ自身を確証する、不安にさらされている死に臨む自由における自己なのである」。情熱的な、死に臨む自由における自己、です。哲学書らしからぬ言い口でしょう。

ハイデガーの躓き

われわれは死ぬ。死の可能性を持っている。われわれだけの、そして万人に共通の死の可能性を持っている。このことをハイデガーは、雄々しく、Entschlossenheitと言いますが、決意性、覚悟性、覚悟、において引き受けるわけです。死を、圧倒的に自らの自由の根源として、不抜の「覚悟」として引き受けるわけです。つまり、「いつでも死ぬことができる」ということです。

不安の中で、死への不安の中で、ある決意性を持って覚悟して、いつでも死ねると思い定めること。それこそが、私の自由の根源であり、唯一の可能性の鍵だ、というわけです。だから、だから、だから……ドイツ民族のために戦おうではないか(!)ということになってしまうのです。高名なるハイデガーの『存在と時間』第七四節を読みあげます。細かい部分はあとで説明します。とにかく、これ、ちょっと尋常じゃない、普通の哲学を語る言葉じゃない、異常にパセティックな言葉であるということを感じてください。

「死への先駆のみが、あらゆる偶然的な、暫定的な可能性を追い払う。死に向かって開かれた自由のみが、現存在に端的な目標を与えて、実存を己の有限性の中へつき入れる」「先駆しつつ己のうちに死の力を高める時、現存在は死に向かって打ち開かれ自由になる、そしてその有限的な自由に籠る自分の圧倒的な力を感じ、自己を了解するのだ。そしてそのつど自ら選びとったことの中にのみ存在するこの有限であることの自由において、現存在はおのれ自身に引き渡されていることの無力を引き受け、ここに開かれる状況の諸々の偶然へ向かって明察を持つことができるのだ。しかしこの宿命においてある現存在は、世界内存在である限り、本質上、他の人々との共同存在において実存しているのであるから、その現存在の生起は、共生起であり、運命という性格を帯びるのである。それはすなわち共同体の生起、民族の生起なのである」「死に向かって自由に打ち開かれ、死に向かって突き当たって砕ける存在者たちだけが、己の運命を引き受けるのである」。

何で突然、民族が出てくるのか。この厳密な本のなかで、一回も定義なしに、突然、「民族」が出てくるんです。なぜかというと、本当はからくりがあるんだ。今、セイキって言いましたけどこれ、何でしょう。生起、共生起、いきなり何か変な言葉が出てきましたね。この共生起という言葉は、一応共に起こること、共に現れることです。でもさっき言ったメディアを介した、全ての人をありがちな「物語」に溶け込ませてしまうようなものをハイデガーは共同存在（Mitsein）と呼びますが、これとはまた別の共同の存在なのですね。これを共生起、すなわち Mitgeschehen と言ってます。この Mit が「共に」で、Geschehen が「生起」です。これに運命（Geschick）、歴史（Geschichte）を重ねあわせているわけです。共に生起することは、共に運命を担うことであり、共に歴史を担うことである。だからそれは「民族」でしょう。でも、たしかに言葉の響きは似てるけど、こんな語呂合わせなんて、ドイツ語にしかない。これ英訳とかではすごい困っているんです。共に立ち現れることが、民族であり、運命であり、歴史である、なんて言葉は、他の言語にはないのだから。確か、いちばん最初に出たフランス語訳だと、ここを aventure partagée

と訳しているんです。直訳すると「分かち持たれた冒険」ですけど、苦しい訳ですよね。共にするアヴァンチュールってなんやねん、みたいな(笑)。英訳だと、co-historizing、「共歴史化」と訳されているけど、やっぱり無理がある。「運命」の含意が消えちゃっているでしょう。英語でもフランス語でも、訳せないわけです。これはドイツ語にしかない。そういうハイデガー的語呂合わせのなかでだけ、共に現れることが、死を覚悟することであり、運命であり、歴史であり、ドイツ民族の命運なわけです。ここは少し警戒を解いてね、無理をしてでもね、無邪気にこう言い放っていいんだと思う。「こんなのナチじゃないか!」って。

以上が高名なハイデガーの『存在と時間』の最大の躓きの石、第七四節です。「われわれは死ぬ。全て死ぬ。絶対死ぬ。だからその死を敢然とおのれの自由として引き受け覚悟することによって、民族としての命運を生きるのだ!」って。……こう言うと、誰でもすこーし「わかっちゃう」んですよね。悔しいことにね。でも、そういう「物語」を、誰もが知っている「ドラマみたいな」通俗的な物語を超えた筈の——そしてそれを超える「詩の言葉」を特権視する——ハイデガーが語るこの部分は、滅茶苦茶に通俗的な物語になってしまってはいないか。死を覚悟してお国のためにって、最悪の通俗じゃないですか。ただ、強力です。通俗なだけに異常に強力なのです。しかもそれが、誰も避けようもない、絶対に否定できない「死」を梃子にしているかぎりは、ね。

とっても何かオウム真理教によく似てますよね。でもそれは逆ですよ。ある意味では、オウム真理教というのは、ナチのカリカチュアみたいなところがあったのではないですか。いつでも死ねるなんて言ってね。いつでも死ねる覚悟が格好いいぜ、なんてね、そんなの碌でもないことだ。もっと煩悩に満ち溢れていたほうがいいですよ、人間は。いつでも決然と死ねるなんて大したことじゃない。いつでも図々しく、だらしなく、不逞に生きているほうが、ずっと上等です。

四　ブランショにおける死の概念

僕は、今日はわざと話をあまり盛り上がらないようにしています。なぜかというと、これはある意味で、別の次元の物語批判の話だからです。物語って、盛り上がりますからね。盛り上がっちゃ駄目なんです。物語ではないものを、ストーリーテリングではないものを、出していかなくてはならない。

だから、僕はまさにここで出てくるのが、モーリス・ブランショであるというのは、僕は偶然ではないと思います。モーリス・ブランショという人は、文芸批評家として、あるいは小説家として知られています。戦前最大の批評家がヴァレリーなら、戦後最大の批評家はブランショ、という、そういう人です。ミシェル・フーコーが若いときに親友に「僕はブランショになりたい」と手紙を送ったという、そういう人です。ジル・ドゥルーズが「彼こそが死の新しい概念を発明した」と賞賛したという、そういう人です。ジャック・デリダは……もう、文章からして影響下にあるわけです。彼は極めて難解な小説を書く。ストーリーが全くない小説を書く。で、彼に『文学空間』という本があるんです。この本のなかで、ハイデガーを徹底的に批判することができている。

物語に対する闘争

かなり事を単純化することになりますが、あえてここでは話をショートカットしてこう言ってみましょう。現代文学がなぜベケット、ヴァージニア・ウルフ、カフカ、ジョイス、プルーストとね、ハラハラドキドキするようなストーリーじゃなくて、ストーリーがなくただつぶやきのようで、読んでいると眠くなっちゃうような、でもそれでも何か奇妙に読み返したくなってしまうような、不思議なものになっていったかということは、理由があることなんです。あのね、本当に信じられないのですけれども、今の批評家でもいまだに「ああいう難解な小説は恰好つけてるだけだ、内輪で受けてるだけだ、気取っているだけだ」なんて言う人がいる。とんでもない話です。これは闘争であり、抵抗なんですよ。ストーリー、物語一般に対する闘争というのは、政治的な意図を持つんです。ハイデガーを見たらわかる。ハイデガーは、そういう凡庸な「よくある話」に反して、そこから離脱する道を求めようとして、もう最悪の物語に嵌ってしまったわけです。あえてそれをやってみせたとも言い得るんだけど、そんな「あえて」なんてどうでもいいんです。そんな目配せなんてどうでもよろしい。結局は同じです。物語を批判するために物語を偽装して、というのは、もう使い切られた手なんですよ。

でも、このハイデガー的なストーリーを破壊するには、どうすればいい。「民族」だからいけない、って、それは誰でもできる批判でしょう。それはハイデガーの一番隙というか、一番弱いところであって、そこを壊しても駄目なんですよね。ものを壊そうと思ったら、そのものの一番強いところを破壊しなくてはならない。どこでしょう。死です。「人は死ぬ。必ず死ぬ。絶対死ぬ。死は避けられない。そしてその死を決意において自由として引き受けることだ」。この言葉を破壊しなきゃいけない。いくらハイデガーがいけない、ナチだからいけないと言ったって、人が死ななくなるわけではないんですからね。でも、それをどうしてできるでしょう。どうやったらここを批判できるでしょう。

ブッダをここに呼びますか。輪廻転生を信じるのは無理でしょう。ちょっと今の僕らには難しい。しかも、なんかデリダと道元とか、ハイデガーと仏教とか、なんだかそういう凡庸な比較文化論になりかねない。そういうのは全然つまらない。何とか僕はいまそれを逃れようとしているわけです（笑）。全ては死ぬ。必ず死ぬ。絶対死ぬ。この不安を解消するために、宗教的な言説に頼るのは少し難しい。僕は全く不可能になったとは思わない。でも、何か別のものを求めなければいけないという時に、ではどうするか。ブランショはどうしたか。

ああ、先ほどフーコーやドゥルーズがブランショに賛辞を呈していると言いましたが、ピエール・ルジャンドルも、こう断言しています。「政治にかかわる学問を学ぶものは、全てブランショを読まなければならない」。もちろん、先ほど言った通り、これは政治の問題ですからね。

ブランショは、まさにこの命題をひっくり返そうとするのです。「すべての人は死ぬ。必ず死ぬ。絶対死ぬ」。それってほんと？と、ブランショは言い出すんです。

そこだけは絶対ひっくり返せないと思っていたのに、そこに行く。彼は。もう一回言いますよ。このブランショの問いかけに、変な「カタルシス」を求めてはいけません。わかりますね。ハイデガーのストーリーも、麻原彰晃のストーリーも、その他諸々の人を殺すストーリーも、死の恐怖から覚悟を決めて、民族や教団のために戦う！みたいなすごい気持ち良くてサッパリする、ハラハラドキドキの物語だったわけですね。まさに「エンディング」から逆算された、ストーリーテリングだったわけです。ハッピー・エンドは、デッド・エンドであり、デッド・エンドこそが、ハッピー・エンドなんです。それが終末のストーリーだった。ブランショは、そのストーリーであること自体に反抗しようとする。だから、ブランショの言っていることは、なんだかすっきりしません。騙されたように、詭弁に聞こえます。すごい勘のいいある学生がね、ブランショの解決方法は確かに唯一の解決方法だけど、「ストーリーとして弱い」と言ったんです。正しい。ストーリーとして弱くあることを、彼は選んだんです。だからなんか今日はなんとも言いようのない、スキッとしない、すごく難解な舞踏や演劇や映画を見た後の「あれってなんだったんだろう」という感じで帰ってください。さあ、アンチクライマックスです。これから。

無限の死に行き——自分の死を見ることはできない

人は死にますね。人はね。誰でもない人は死にます。でも、この私が死ぬというのは、確実ですか。死ねますか。例えば自殺するとしましょう。ロープを買ってこよう。買ってきました。結びます。台置きます。銃でもいいですよ。どっちにしろ、自殺も、死も行動なわけです。行動ということは、プロジェクトを必要としてます。計画です。ロープ買ってくるというところからはじまって、じゃあまず近所のロープ売ってるホームセンターってあったかなってネットで検索するところから始めなきゃいけないわけですね（笑）。検索して、あれ買ってこれ済ませて、じゃあ何月何日に死のうってカレンダーに丸印書いて、決行する。意思を持って、計画して、to doを整理して、優先順位をつけて、行動して、成果の確認があって終わるわけです。最後に成果を確認しなくてはなりません。計画立てて、行動して、成果を見る。そんなこと誰でも知ってます。ビジネス書なんかには詳しく書いてあるのではないでしょうか（笑）。

さあ、死のう。首をつります。引き金を引きます。何でもいい——さあ、自分は死に行く、わけです。だが、そこに異常な事態が訪れる。なぜなら、その行為をしている私自体が消えていくのですから。永遠のスローモーションがそこに出現するわけです。ずーっと「死に行く」わけです。死に行く、死に行く、死に行く、死に行く、死に行く、死に行く……死は、終わらないのです。「自分が死んでる」って確認して、そう言える人は誰もいないですよね。自分が死んだことを確認できる人はいません。おわかりですね。これはもはや、自殺に限る話ではありません。

頓狂な話をします。哲学ってこういうことを言うことだと思うのですが——ウィトゲンシュタインが、一行でものすごいことを言っていて。「これまで頭蓋をあけてみた人間にはみな脳があった。驚くべき偶然の一致ではないか」。

それと同じです。死なないかもしれませんよ。ひょっとすると、ね。なぜなら、私は死んだと言える人は誰もいない。自分が死んでいるのを確認することができる人は誰もいない。自分が死んでいるということを知っている死者はいないんです。死者は、自分が死んだことを知らないんです。自分の死体を見たことがある人はいない。自分の死体にいちばんよく似たものを見たかったら、鏡を見ればいいんです。鏡の魅惑はそこにある。これラカンの視点からすると長々とずっと喋れるんですけど、今日はやめておきます。何でみんな鏡が好きかというと、そこに自分の死体が映っているからです。正確にいうと、一番自分の死体によく似ているであろうもの、が。いろんな宗教で、天国とか極楽とか仏性とか神聖なものとかは、あなたの手が届かない彼方にあると同時に、あなた自身のなかに、あなたの近くにある、と語られてきましたね。しかし、自分が絶対到達できない遠くの場所であり、なおかつ自分の絶対的に近くにある聖なる場所とは、自分の死体の場所です。天国とは、あなたたちがそこに座っているあなたたち自身の死体の場所です。ほら、そこです。

ブランショがものすごい射程の長いことを言っていること、わかりますよね。これ、最後の審判ということです。自分が死んだということを確認できないと、最後の審判に呼び出されなかったのでしたね。自分の死んだという保証がないと、救済がないわけでしたね。救済がないということは、誰にも覚えてもらえないまま蟻の様に、羽虫の様に死ぬということです。でも、自分ではその確認は取れない。自分が死んだということは永遠に確認できないわけです。つまり、自分が救われるということの確認は、取れない。

この私がいない世界へ託す、この死を

自分自身の固有性としての死ということをハイデガーは言っていました。私の死は私にしか死ねない？　違いますよね。死に行く時に、自分は、誰でもない何かとなって死んでいくのです。無限に、灰色のなかに溶けて行くのです。永遠に。死の過程に、終わりはありません。ああ、私はついに「死に終えた」と言うことができるひとは、誰もいません。だから、私は死ねません。私は、私の死を死ねません。

自分が死んだかどうかを確かめるのは、「この私がいない世界」の他人なんです。

われわれの失われた共同性も、われわれのあてのないこの孤独も、われわれの果敢なさも、そこで報われるんです。報いなき報いを。死ぬということは、それでも死に行くということは、この私がいない世界に、私のものであった筈のこの死を託すということです。これが、絶対的な「開け」なわけです。そこからわれわれは、未来に、他者に、自分のいない世界に向かって、無限に開けているのです。こんなことを言うとね、ブランショは惰弱にも死を恐れ不死に憧れているだけだなんて馬鹿なことを言う人が国内外かかわらずいる。どうかしています。論外です。私は私の死を死ねず、ゆえに救済は保証されない、ずっとずっと死に終えることができないことにおいてしか他者への開けはない、これは驚くべき過酷なことです。逆ですよ。「死の恐怖の物語」のほうこそが、その物語に備わるヒロイズムの方こそが、この過酷さを見ないだらしなく惰弱な態度なのです。

ここでブランショは、葬礼は見せかけのもので良くないなんて言ってるんだけど、そこは僕は納得できない。それは重要なことだと思う。何でお葬式にみんな駆けつけるかというと、死者は自分が死んだことを知らないからです。彼女は、彼は、自分の死んだことを知らないのです。……。えーと、あのね、こういうことを話した僕の友達、年上の女性の友達がいるんだけど、彼女が最近亡くなった、忌野清志郎さんのファンでね。その人が彼の葬式行ったんです。「いや、ちょっと佐々木さんの言ってることを聞いてから行ったから、なんかキたね」って（笑）。「いや、清志郎、自分が死んだことを知らないんだぁー、って思うとさあ。またバカみたく楽しそうに歌ってると思うとさあ」って。いや、そういうこととはちょっと違うんだけど、なんかいいな、まあそれでいいや、って思って（笑）。

死を完了させるという手続きが、葬礼です。東方正教会では確かにお前は死んだ、お前は死んだ、お前は死んだ、って、繰り返す儀礼があるのですね。葬式というのは、その人はまだ自分が死んだことを知らないから、確かにお前は死んだんだって、みんなで言いに行くことなんです。だから葬式は重要なんですね。

人類は滅亡するが、人類は滅亡しない

そこで、もう一つのことが言える。ブランショはこう言います。「人類は滅亡するが、人類は滅亡しない」。だって巨大な宇宙の生成の中で、四六億年の地球の歴

史の中で、二〇万年の現生人類の歴史なんてこんな、芥子粒みたいなものです。そういう意味では、人間は滅びます。いつかは。端的に滅びますよ。今、人間、現生人類は六五億人いますね。では現生人類が生まれてから、今まで延べで生きていた現生人類は何人でしょう。百億人です。だから人類の歴史なんて、何時代だ、近代だ、いや近代は終わった、歴史は終わったなんてやってますけれども、われわれの人類の生存などというものは、たかがイナゴの一回の大量発生に過ぎないのかもしれません。なおかつ、イナゴって大量発生した時と普通の時で、形も生態も違うんですよね。大量発生したときは「群生相」と言います。これは獰猛で共食いもするし、よく飛ぶし、緑色じゃなくて茶色です。足の長さも違う。今の人間は、そういう「群生相」なのかもしれません。そういうレベル――これはドゥルーズが「道徳の地質学」という題目で論じた水準に近いレベルですが――で言えば、それは人間は滅びますよ。でも、それは何か悲しいですか。悲しいことではないでしょう。だってそういうふうに人類が端的に滅びるんだったら、悲しがる人は誰もいないでしょう。人類滅びて、誰か悲しいですか。この滅び、怖いですか？　楽しいですか？　気持ちいいですか？　この滅びを梃子に、誰かを殺せますか？　無理ですね。楽しくはないけど、怖くもないでしょう。気持ちよくもないけど、最悪な気分でもないでしょう。人間的な恐怖とか、死の享楽とか、そんなこととは関係がないんですよ。これは先ほどの「死と滅亡の享楽の物語」とは別次元の死です。「端的な死、端的な滅亡」です。人間的な物語や感情は追いつかない。

ブランショが、「人類は滅亡するけど、人類は滅亡しない」と言うのはそういう意味です。人類が滅亡する。だから最後の一人が、ごめんなさい、たとえばあなたがね、あなたが人類最後の一人だったとしましょう。でも、やはり死ぬ時が来たときには、やはり自分が死んだことは知らないわけです。ずっと死に行くだけで、自分の死を確認できないわけです。だから、人類は滅亡しません。

……だから、こういうことになります。死に向こう側はない。そしてまた、死にこちら側はありません。死には、彼岸も此岸も無いのです。われわれは死に行くんです。死にに行くのではなく。われわれは「死に行き」そのものです。われわれは無限の、果てのない死に行きそのものなのです。「どうせ」死ぬとか、どうせ死ぬの「だから」とか、余計です。「どうせ」？　「だから」？　そんな言葉は不要です。われわれは死に行く。われわれは無限に死に行く。無限に死に行くということは、死がない如くに死に往き続けることです。「どうせ」も「だから」もなく、笑いながら「われわれは死に行く」と言うことができたら、それでいい。どうですか。がっかりしましたか？（笑）それでいいのです。みなさんをがっかりさせるために、僕はここに来たのです。二度と、二度と死に興奮し、死を享楽し、死で「盛り上がる」ことがないようにと願いながら。いや、こう言われてがっかりするような精神は、もう必要ないから捨ててしまいましょう。というか、こういうことを考えていて、元気が出るのは僕だけですか？（笑）出し抜けに引用しましょう。「言ってみればハンガリー軽騎兵が、自分の軍帽の羽根飾りを直すのに椅子の上によじのぼるみたいにすればいいのさ、簡単なことだよ。頭で考える必要はない、ただ苦しめばいいんだ、いつも同じように、同じ調子で、息を入れようとか、息を引き取ろうとかの希望を持たずにだ、そんなに面倒なことじゃない。頭で考える必要はないのさ、希望を捨てるにはね。単調さについてはこれでよしと、だいぶ元気が出るぜ」（ベケット）。

それだけです。今日は楽しかったです。ありがとうございました。

「α-synodos」vol. 37, 38. 二〇〇九年（収録にあたり一部改稿）

歓び、われわれが居ない世界の
——〈大学の夜〉の記録

雄弁の本質

（灯りが落とされた満員の会場を見渡して）あのさあ、後から女の子が来たら席譲れよな、お前ら。俺たちを生んでくれたのも、俺たちのガキを生んでくれるのも、女子なんだからな。……こんなのフェミニズムでも何でもねえぞ。B－BOYイズムだ。いいな。よし。

あらためまして、こんばんは。佐々木中と申します。よろしく。実のところを言うと、今日は何も準備していません。何一つ、ね。主催者の方から次のような説明がありました。つまり、この「大学の夜」というのは基本的にフラッシュモブである。つまり群衆がパッと瞬間的に集まって、パッと散るというようなもので、ゆえに佐々木中も基本的にアドリブ、インプロヴィゼーションでやってくれと。ですから、馬鹿正直に何も準備して来ませんでした。白手で来たということです。僕はよく学生時代この辺をうろうろしていたのですが、途中、アスファルトに雨のにおいが立つ夕の街中ですっかり迷ってしまって——早稲田の界隈は変わりましたね。

まあ、そんなわけで何も準備していない。からっぽ、まったくのがらんどうで、こうしてマイクを握っているわけです。次、自分が何を話し出すのかもわからないままに。

こんなことを言うとね、何ていい加減な奴なんだと思われるかもしれません。しかし、これはなかなかにきついことです。何も前もって決めず人前に立つというのは。僕は大勢の人の前でも全然緊張を感じない質《たち》なのですが、それでもこうしてみなさん大勢集まって下さったわけですから、精一杯いい話をしよう、とは思う。すると、なかなかね。難しい。

完全にインプロヴィゼーションの話なので、多少筋が外れることもあるでしょう。

また、すこし整理されていない印象を受けるかもしれない——というわけで、唐突に言います。僕は学生時代、講義の手を抜く大学教師を徹底的に軽蔑していました。東大の仏教学で、まあ一応は権威と言われている人の授業を受けたときの事です。彼は最初のオリエンテーションで、実に——敢えてこういう形容を使わせて頂くと、実に醜い表情でにやにや笑いながら、「馬鹿な君らのレポートなんてつまんないから、まともに読む気もしない。出さなくていいよ。出さなかった人はわたしが楽ができてありがたいから単位をあげる」と言ったんですね。これは完全に職務放棄です。辞任に値します。僕はその場で席を立って、つかつかと教壇のほうに歩いていって、怯《ひる》む彼の目の前で右に九〇度回頭して講義室を出ていきました。——この教授、いまも現役で、有名な人ですよ。皆さんも騙されて、新書ぐらい買ってるかも知れない。

でも、学生を舐めて、聴衆を小馬鹿にしてね、講義の手を抜くような人間に、大学者、大哲学者なんていない。ヘーゲル全集なんてほとんど講義です。ご存じの通り、全集のなかで生前彼が刊行したのは『精神現象学』『エンチュクロペディー』『大論理学』『法の哲学』の四冊だけですから。『美学』や『歴史哲学』などなど、他の有名な本はほとんどが講義を起こしたものです。ハイデガーは言わずもがな、ベルクソンの講義も素晴らしいし、カントも講義のみならず、座談の名手としても有名だった。ドゥルーズだろうが、フーコーだろうが、大哲学者で講義に情熱を注がなかった人はいない。もっと言えば、下手だった奴なんていない。いや、勿論ね、人前で話すということについては性格的に上手い下手があって、どうしようもないというのもあるでしょう。どうしようもなく照れ屋で辛い、という人もいます。しかし少なくとも、講演や講義の手を抜くなんて碌でも無いことで、その時点でもう何かが決まってしまっている。

なぜなら、実は「雄弁」というのは論証の本質だからです。なくもがなのお飾りではない。なんだか、雄弁であることが何かいけないことであるかのようにみんな思い込まされているんですね。雄弁は胡散臭いものであるとか、雄弁は本質的な思考や哲学とは違う、とかね。しかし、これは全く間違っている。雄弁術はギリシャ語でレトリケーと言います。英語だと「レトリック」と言って、修辞学とか弁論術とも訳される。ふつう、このレトリックというのは、言葉の綾を駆使し詭弁を弄して、――つまり口からでまかせの嘘っぱちを並べてね、真実をねじ曲げて相手を説得してしまう技法だというふうに思われている。しかし実はそうではない。アリストテレスの『弁論術』、つまり『レトリケー』という本にあるように、これはまさに論証の技藝《アート》である。つまり、民会や元老院、そして法廷のような法的あるいは政治的な場所で証しを立てることに関わることです。つまり立証ですね。証拠を示し、根拠を示し、準拠を示し、自らの立言が正しいことを堂々と語ること。その「論証」の技藝、これこそが雄弁術なのです。ここに何か疚しい、いけないことがあるでしょうか。雄弁、それは哲学的かつ政治的な論証そのものの純然たるアートなのです。

おわかりでしょう。雄弁でない哲学者などありえないということが。雄弁でない、ということは論証が出来ないということと同じことを意味するのですから。ここで「雄弁」の定義が更新されていることに注意して下さい。どうも、たとえば僕なら「文学」という概念について、定義を更新し意味を拡大して論じているのに、その更新する前の狭隘な意味でとって批判してくる了見の狭い人がいて、少しくうんざりしているものですから。

話が逸れましたね。雄弁に欠ける、すなわち論証に欠ける、すなわち学たるに欠ける――君たちもそういうくだらない授業を聞いて嫌になったことが沢山あるだろうけれどね。そして僕も、――まあこうして今リアルタイムで自分に跳ね返ってくるようなことを言っているわけだけどさ（笑）。いつもいつも、いい話ができている訳ではないだろう。よく頭が働かない時もあるし、うまく話せない時もある。そもそも万人に面白いと思ってもらえる話なんか存在しないから。ただ、努力はしているということです。

えーっと、何の話でしたか。こうやってすぐ何でも忘れてしまうんですよ、僕は。……何でしたっけ。

あ、そうだ。話を戻しますか。やはりね、偉大な哲学者は講義が面白い。今出ているので一番面白いのはやっぱりフーコーの講義だと思います。重箱の隅をつつくような翻訳の批判ということは僕はやらないことにしているから言いませんけれども――フーコーは著作と違ってね、講義のフランス語はとてもやさしいです。初等文法をやって、読本ひとつくらい読んで、そしてフーコーの言っていることに興味があったら誰でも読めますよ。彼の不意に昂揚する雄弁が――そして逡巡や過ちを繰り返しつつ、それでも断乎として続けようとする意志がふつふつと煮え立つような、そういう真の意味での雄弁がそこには存在する。これはやはり感動的なものになっている。是非挑戦して頂きたいと思います。

そして、それとは別に、僕が理想としている講義があるんです。ただ、これはもう、ちょっと自分には出来ないよなあとも思う。二〇世紀最大の哲学者、ルートヴィッヒ・ウィトゲンシュタインの講義ですからね。

そもそもの能力が違うというのは敢えて置くとしても、何故出来ないかというと、……彼の講義って完全なアドリブだったんだそうです。いきなり講義室にやってきて、「前回どこまで行ったっけ？　ああ、そうか。判った。では続きを考えよう」って言って、うーん、と言って、何とその場でリアルタイムで考え出してしまう。無茶でしょう。何の準備もしてこない。下手をすると一時間ぐらい、ずっと黙って思考している。想像してみて下さい。ウィトゲンシュタインが目の前にいるんだよ。それで、時には殆ど苦悶の表情を浮かべて、歯を食いしばって考えているんです。すごい緊張感でしょう。それで、これ伝記的な本に出てきていて、半分は伝説だろうって言うひともいるんだけど——もう教壇の上に寝っころがってね、天井を睨んで考えに考えて、ウーッとか呻いたりもするんだって（笑）。

一歩間違ったら変なおじさんなんですが、このすさまじい真摯さたるや、ということですね。今ここで考える、考えを尽くす、その姿を見せる、ということです。でも、やっぱりきつい。やる方も途方もなく苦しいだろうけど、これ聞くほうもかなり身をすり減らすでしょう。だから一人いなくなり、二人いなくなり、毎学期五人ぐらいしか残らなかったらしい。でもそこからさまざまな思索の結晶が生まれてきた訳でね。

彼のように、人前でリアルタイムで考えて見せる、思考をアドリブで行使するというのは、僕にとって理想です。でも、畏れ多いというか——今日、どれくらいできるかというのは、自分でもよくわからない。やはりウィトゲンシュタインみたいには行かないのでね。幸い、ここに白石嘉治さんがいらっしゃるので。ジャズでインプロヴィゼーションをやるにも、やはり原曲が必要です。僕はフリージャズも大好きですが、それよりもジャズファンクとかハードバップが好きですから（笑）。テーマとコードが与えられて、そこからアドリブが始まるわけで。ヒップホップで言えば、フリースタイルこれからやるけど一応ビートがほしい、ということです。白石さん、是非テーマだけ頂けませんか。たとえば、この本（『切りとれ、あの祈る手を』）を読んで、どう思われたのか、何か感想と、あと質問があったら。

なぜ「機械」なのか

白石　『切手』は、一気に読ませていただいて、今日のためにもう一度読み返して。本当によくできた本だと当たり前のことを思いました。この前の『夜戦と永遠』の最後の部分にもありましたが「我々は新しいダイアグラムを書きうる」という一貫したテーマが読みとれます。「文字」や新しいダンスのように、新しいものが作りうるのではないかというテーマがある。こんな世の中、文句あるけど、変えるために暴力なんて振るえないよなあ――というような、我々がいろいろな意味で萎縮してしまうことに対して、新しいパラダイムを見せてくれた、という感想をもっています。

いま佐々木さんが哲学における講義ということをお話していましたが、たしかにある種の講義があれば、僕はもうそれは哲学であり、たしかにそこには新しいダイアグラムの兆しがあらわれているのだと思います。

とりあえず感想めいた質問は二つあります。一つは『夜戦と永遠』の中で、最後にドゥルーズを呼び出している。そして、『アンチ・オイディプス』と『ミル・プラトー』とのあいだに一つの飛躍があるということに、軽く言及して終わっていた。そこのところですね。特にそのなかの「戦争機械」についての思考と、佐々木さんの考える「文学による革命」というのが、どう繫がっているのか。

もう一つ。私の好きなドゥルーズの言葉がありまして。それこそ講義なんで、残念ながらフランス語のウェブサイトでしか公開されていませんけど、彼の『シネマ』執筆時になされた講義のなかで、こういう言葉があります。すなわち、「脳はからっぽである」と。からっぽである、空隙である。そこには情報も知識も詰まっていない。そこには未来が宿れる、そこは言葉が抜けてくる場所であると。非常に感動的な授業だったということはすでに想像できるんですけれども。その場に、もし佐々木さんが座っていれば、その後カフェで、どういうふうなことを話しただろうかというようなことを、ちょっと伺いたいな、と。

佐々木 ああ。それ、読んだはずなんだけど、忘れちゃったなあ。まさに空っぽなんでね、僕の頭は（笑）。すぐに何でもかんでも忘れてしまう質《たち》で……。あれはどういう文脈で言ったんでしたっけ。一つ確認のために言わなくてはならないのは、そこで言われていることは「戦争機械」についてであって、「暴力」についてでは無いということなんですね。ドゥルーズとガタリが言ったのは、戦争や暴力こそが先鋭的であり、世界を変える原動力であり、ゆえにラディカルなのだ、ということでは全然ないんです。「戦争機械」というのは実に複雑な、両義的な概念であって、彼らはナチスは明らかに戦争機械であったとはっきり言っている。戦争機械即いいもの、だなんて一言も言ってない。それに、注意深く読んで、なおかつ煎じ詰めて言えば、戦争機械は必ず「暴力とは何か」についての解答を含んでいると考えることができる。つまり、ある制度的布置のなかで「何が暴力とされるのか」ということを定義する手続きや仕組みを含んでこそ「戦争機械」なんです。だから、彼らが言っているのは「剝き出しの暴力」というものが、事の最初に存在するということではない。暴力がふるわれるときに、すでにそこに装置や機械やモンタージュと呼ばれうる「人為的な何か」が存在するということです。これは実は中井久夫さんが茫然とする程に具体的かつ美事に分析している一文があるのですが……。そこを忘れているから、結局すべては暴力に帰着するということになってしまって、非常に詰まらない話をしている人が後を絶たないわけです。何で「機械」なのか。それを機械と呼ばなくてはならなかったのか、ということを考えてみなくてはなりません。ドゥルーズやガタリのみならずフーコーやルジャンドルも、機械、装置、ダイアグラム、モンタージュなどといった、ある種の人為性、しかし完全に前もって設計し尽くせず管理し切れない「人為的な何か」を示す言葉で思考を積み重ねていった。無意識的な人為性とでも言いうる何か、ですね。なぜ彼らがそうせざるを得なかったのかということを、よくよく考えてみなくてはならない。この辺については、やはり十分に論じられていない。幾度でも立ち戻って考えてみなくてはなりませんし、僕も微力ながら長い論考を準備しています。いつお目にかけられるか、まだ約束はできませんが……。

まあ、僕のことなんてどうでもいい。重要なのは次のことです。つまり、彼らは決して暴力がラディカルだと言ったのではない。ノモス（規範、掟、慣習）あるいはコスモス（秩序、世界）に代わって、カオス（混沌）がラディカルだと言ったのでもない。秩序なき、掟なき、慣習なき、暴力が激発する混沌への憧れ——そういうことは、非常にくだらないことです。最初歩のレベルは脱しているかもしれないけれども、しかしやはり思考として単純にすぎる。少なくとも強調しなくてはならないのは、「暴力」というのは革命においては二次的なもの、派生的であるものにすぎないということです。ジャック・ラカンの偉大さは、暴力や権力欲、性欲や倒錯的なものに対する欲動とは別に、社会を創出し案出しなおすことへの純然たる歓びが「別に」あるということをはっきり言ったことにある。これは『夜戦と永遠』で詳細に論じたテーマですが、どうしてもここから、暴力は二次的なものに過ぎないという結論が引き出されてくる。暴力は事態を何も変えはしない。戦争は答えではありません。問題はテクストの書き変え、すなわち能う限り広い意味での、「文学」の問題なのだということです。

これを夢想的だとか文学至上主義だとかロマン主義だとか何とか言っている人は、さっさとその下らない内輪のお喋りや雑文書きをやめて暴力を振るうなりカネを稼ぐなりすればいい。情報社会だから云々なんて現状追認的なことを言う連中にかぎって自分ではコードすら書けない。つまりプログラム言語ひとつマスターできていない。僕の定義ではコードを書くことだって純然たる文学だし藝術です。みなさんの周りにもいると思いますが、美しいコードが書ける人はコードはアートだと普通に言いますよ。僕の友人には、コードも書ける藝術家なんて何人もいます。

さて、そんなことはどうでもよくて。……うーん。これが、白石さんが引用して下さった「脳はからっぽである」ことに、きちんと繋がるかどうかは判らない。判らないけれども、ちょっと気になることがあったので、言います。ある思考の罠に――まさかこんな思考の罠に陥っている人はいないだろうと思っていた罠に、いまだに陥っている人たちがまだまだたくさんいるのだということに、ごく最近気付かされてしまったので。

反道徳という罠

どう言えばいいのかな。作家であれ、藝術家であれ、思想家と呼ばれる人であれ、ね。多くの人が、ある種の思考の罠に陥っているように私には思える。実に危険な罠に。根深い――実に根深く抜け出し難いが、やはり罠としかいい得ぬ何かに。暗くてここからは客席のほうが見えないけど、ここにも来て下さっている人もいるかと思う。僕の友達、あるいは親友と言っていい作家や思想家や活動家の皆さんも、今から言うことの射程の批判の範囲内に入っています。一言で言えば、カオス、非道徳、無根拠、非因果性、無法、無意味、ナンセンスこそが素晴らしく、ラディカルで、しかも「面白い」という思考の罠、です。

「道徳」というものがありますね。道徳とは非常にけしからんものである。ゆえに、非道徳的なことがラディカルであり、格好良い事であり、先鋭的である、ということになっている。そして、どういうことかよく知らないし知る気もないですが、奇妙なことにそれこそがニーチェが言ったことだとされている訳ですね。

しかし、それはいかにも困る、というか、いかがなものかと思ったのでしょうか。保守的な道徳には反抗して格好いいところは見せたいが、しかし全く道徳も掟もない残虐な世界じゃあ僕ら生き延びられないよ、というような事なのでしょうか。いつしか人は「倫理」という言葉を使い出しました。つまり古くさく反動的な「道徳」とは違った水準の「倫理」というものがあるのだ、とね。非道徳的、アモラルでありながら倫理的に美しくあることができる、と。残念ながら、道徳というのはギリシャ語の倫理（ethica）の翻訳語なんです。そもそも、語源的には全く同じ言葉です。ここに詐術がある。こうして、「倫理」は何でも入れておける屑籠的概念として、万能の力をふるうことになった。無論、古典的な倫理概念について非難しているのではありませんよ。が、わざわざ調べる気力も萎えてしまいますが、この倫理という言葉が流行語となりだしたのは、辿ればおそらく七〇年代後半くらいからでしょうか。流行語となった「倫理」は、この言葉を言っておけばなんでも免罪されるかのように、どんな大仰な浮言すら、この言葉で尻拭いができるかのように機能したわけです。こんな詐術めいた言い換えで何か言ったと思っているのは、論外と言うしかありません。

話を戻します。非道徳、あるいは反道徳がラディカルだという考えは罠なのだ、という話でしたね。他にもこういう罠はある。たとえば、「理性」というものは、非理性的なものを排除する非常にけしからん抑圧的なものである、と。——いいかい、これはフーコーすら、ある時までは嵌った罠なんだよ。理性は抑圧的、反動的であって、非理性的なものこそがラディカルである、と。

では、理性（Raison）というのは具体的には何か。他にもありますが、ごくごく平たく言うと、二つです。「ある結果が起きた以上、それには原因がある」ということ、そして「ある現象が起きた以上、それには根拠や理由がある」ということです。前者を因果律、後者を根拠律と言います。ハイデガーは、ライプニッツを引いてこの二つを同じものだと言っている。原因あらば結果あり、結果あらば原因あり。この命題が、「あらゆるものには理由や根拠がある」という命題と実質上同じものだということは、飲み込みやすい道理ですね。そして、この根拠律というのは、フランス語で principe de raison、ラテン語では principium rationis と呼ばれています。つまり、文字面からわかる通り、これは「理性、理由（raison, ratio）」の原理なんですね。だから根拠律とは理性原理とも訳されます。つまるところ、理性とは、これです。

あらゆるものに理由があるはずだ、と。この理性の原理たる「根拠律」は、奇妙な響きをも持つことになります。これはハイデガーもルジャンドルも克明に表現しているのですが、根拠律というのは何か宙に浮いた、いうなれば机上の理論にだけ関わって安住していることはできないものなんですね。「なぜ」という問いは、「なぜだ」、「どうしてなんだ」という、時には叫びに近くなってくるような響きを持ってしまうからです。「こんな目に遭うのは、何か理由がある筈なんです」。これは、あるインタヴューでルワンダ虐殺に遭遇したツチの女性が言った言葉です。――具体的に彼女がどういう目にあったのかは、敢えて申し上げません。少しでもそこで何が起こったか、特に多くの女性に何が起こったか、調べていただければと思います。敢えて言えば、「根拠律」はこういう事をどうしても含んでしまう訳ですね。理性ではなく非理性を、因果性ではなく非因果性を、根拠ではなく無根拠を。それがラディカルで過激で格好いい、「面白い」ことだと言われているわけです。そのように述べる作家や藝術家は後を絶ちません。理性的に割り切れる、原因があって結果がある、根拠も理由もある、こういうふうなものはとてもつまらない、凡庸だと思われているわけです。

まだありますよ。いつかいつの日にか、格好悪いことになってしまったことが。何でしょう。「意味」だね。何故か知りません。知ったことじゃないけれども、どういうわけかある日から人は「意味がある」ことを「格好悪い」と思い出した。だから、意味がない、無意味な、ナンセンスな、——正確に言えば無意味な「だけ」の藝術がよしとされるようになったわけです。「なぜ」などない。理由なんかない。原因なんかない。根拠なんかない。意味なんかない。そういう藝術や、小説や詩を書いたりすることこそが新しく面白く過激だ。

そう言う人が、沢山いるわけです。世界中にいます。思想家にだっている。

本当にそうか。そんなものが本当に面白いか。そんな幼児的なものが、面白いのか。

少し、ゆっくり行きましょうか。

例えばね——確かに、既成の道徳に従うばかりの生というのは、たしかに抑圧的で、反動的でしょう。それは生そのものを窒息させるものでありうる。既成の意味にだけ従い、その意味だけをすべてと思い込み、意味が無いと見えるものを切り捨てる——そうした態度は、お世辞にも褒められたものではない。実際、自然科学においても、因果性が完全に適用されうるのが膨大な自然現象のなかのごく一部の場合に限られるというのは、常識に属することです。すべてに根拠があり、理由がある、と。そうとは限らないでしょう。人はやはり理由もなく、根拠もなく、ふと何かをなしてしまうものです。後から、やってしまった後になってから、ああ、私がああいうことをしてしまったのは、こういう理由があるからなんだ、例えばトラウマがあったからなんだ、と納得することはできるかもしれない。けれど、それは「後知恵」にすぎないと言えば言える。それはその通りなんです。確かに既成の道徳や意味、あるいは理由に従属して生きることは、思考の水準として初歩的と言いうる。しかし、単にそれに反抗する生が、そんなに高級なものか。他に、別の仕方がありえないのか。

こういう道徳とか、理性とか、因果性とか根拠律とかね、あるいは意味などというものを批判した哲学者は、やはりニーチェだと皆思っているわけです。非道徳、すなわち善悪の彼岸に到達することが超人への道であり、本来権力の意志しかないのであり因果性や根拠律や理性そして意味というものはないのであり、と言ったとされているわけです。彼が。こうしたある種の過激さは無論、ニーチェには否みがたくあります。ありますが、果たしてそれだけか。ただの自堕落な現状追認に都合のいい人生訓としてだけニーチェを消費しようとする人々については、ここでは論外とします。原典すら読まないで揶揄するそれ以下の人は、ますます論外とします。

普通ね、ニーチェは「神は死んだ」と言った人だとされています。そしてそれは間違っているわけではありません。復習になりますが、キリスト教において、神とは理性です。もちろん、道徳の起源でもある。また、神は「ロゴス」です。つまり言葉であり、論理である。世界の意味であり、世界の究極の根拠であり、世界の究極の原因でもある。そうした神に死亡宣告をしたニーチェは――実は彼がはじめてでも何でもないのですが――普通は、道徳、理性、因果性、根拠、意味といったものを批判している。そうしたものはフィクションに過ぎないと言った哲学者だ、とされている。それは確かにある段階まではそうなんです。それは間違ってはいない――「間違っていない」だけなのですが。

でも、彼がその程度のことしか言ってないんなら、別にニーチェなんて読む必要はないわけです。ニーチェは、もっと別のことをはっきり語っている。つまり、彼は神は死んだと言った。徹底的にキリスト教を批判した。しかし、その批判の挙句に、異常な転回を行って見せている。つまり、神は死んだかもしれないけれども、何度だって私たちはふたたび神を造りだすことはできる、それが人間の力だ、と、はっきり言っているんです。もう一つ。道徳に関しても、ニーチェは全く同型の転回を行って見せている。『道徳の系譜学』のなかで、彼は徹底的に道徳を批判します。その批判の要諦はこうです。つまり、道徳は善悪を押し付けるものであるが、道徳自体は善悪の彼岸にある、ということです。どういうことか。

つまり、簡略に言えば、道徳そのものは非道徳的である、ということです。それは根本的に非道徳的な動機に、そして非道徳的な手続きに基づいている。道徳は、単にある支配者たちが被支配者たちを調教する手管にすぎないから。それは、支配者たちが自らの価値観、自らが恣意的に決定した善悪の区別を強制するための手段である。肉体的かつ精神的に責め苛むことによって、刺青をするように自らの掟を人々の心身に叩き込み、人々を奴隷化する手妻である。こうして奴隷化された人々は、道徳を冒すと自ずから罪悪感に苛まれることになる。支配者の価値観に洗脳されて、自分自身からそれに従順たるように設定されつくしてしまう。そしてそこから搾取がはじまるわけです。こうしたメカニズムこそが道徳だとしたら、道徳そのものは全く非道徳的なものであるということになります。ニーチェは、そういうことを告発したわけですね。そこまではいい。しかしそれだけではない。

いいですか。道徳そのものが非道徳だとしたら、では道徳に反抗して生きることにどんな意味があるのか、ということになりませんか。非道徳的に生きることが何か格好良く、ある種の黒いヒロイズムのような何かに彩られた逆説的な栄光を保っていられるのは、それは道徳が道徳的であるからです。悪が意味を持つのは、つまり善に反抗することが意味を持つのは、善が確実に善である場合だけです。その意味で、実は悪は善に依存している。非道徳な行いは道徳に依存している。しかし、ニーチェが暴露したように、その善が実はきわめて非道徳的な、善とは全く遠い動機や手続きに基づいたものだとしたら、どうでしょう。つまり道徳というもの自体が非道徳だとしたら。

すると——非道徳的な行いが反抗的な価値を持つという前提が成り立たなくなる。非道徳的なものが価値があるのは、道徳的なものに反するからです。しかし、その道徳がそもそも非道徳だとしたら、非道徳的なものは実は「非道徳的なもの」に対抗していることになる。つまり自分自身と同等のものに反抗していることになる。急速にそこで非道徳的なものは意味を失い、萎え果てていく。道徳があってこその非道徳だったのに、それは単に「非・非道徳」ということになってしまう。——ここで、ここでこそ、ニーチェは逆転を、転回をもたらすわけです。彼は卒然として言う。道徳が非道徳的なものであるとすれば、われわれは思う存分道徳的であればいいではないか、と。本当に言っている。以上、引用箇所はいつでもドイツ語全集で頁数を示せますよ。ニーチェは、まずはここまで考えた。ここから目を逸らしてはならないと思う。

重要なのは、ニーチェは「論理的であること」や「因果性に基づいて考えること」も、すなわち根拠律に基づいて、理性的に考えることも、こうした「調教」の効果にすぎないと言っているということです。ならば、非論理的に、非理性的に、何の根拠もなく何の原因も因果性も認めず考えることも、非道徳的に振る舞うことと同じく、急速に色褪せ萎え果てていくばかりになります。論理的なものは実は非論理的なものであり、論理的に考えることを強制する「誰か」の利益になるために「仕込まれた」ものにすぎないということになるからです。

じゃあ、何が先鋭的なことなのか。何がラディカルなことであるのか。何が本当に創造的なものであるのか。ニーチェによって、われわれは奪われてしまったわけです。何をか。非道徳的に、非理性的に、非論理的に、すなわち何の根拠もなく、何の意味もなく、どんな因果性も信じず、不条理に生きること自体の「意味」を奪われてしまったわけです。ニーチェという哲学者の真の恐ろしさは、ここにあります。彼は神をわれわれから奪った。しかし、そのことによって神に反抗することの意味すらをも奪ってしまった。冷静に読めば、どうしてもこういうことになります。

新たな道徳をつくる

では、われわれはニヒリズムに陥るしかないのか。善も意味がないなら、悪も意味がない。理性にも意味がないなら、非理性にも意味がない……以下同様、ということになる。それどころか、意味に意味がないのだから、無意味にも意味がなくなる。何もかもが奪われてしまう。ここまで考え詰めて、ではニーチェは何を言おうとしたのか。彼は善には意味がないと言う。しかし悪には意味がないとも言った。もしニーチェが、善悪の彼岸においてすべての悪、すべての残虐が許されていて、それが世界の「現実」だ、とだけ言ったのなら、繰り返しになりますがニーチェなんて読む必要はない。そんなことはこまっしゃくれたその辺の中学生でも考えつくことです。

もうひとつ迂回をしましょうか。ミシェル・フーコーの『監獄の誕生』です。彼は、監獄というものが一八世紀に成立してから、監獄は失敗続きだったと言うんですね。これは一八世紀から延々ある批判なんですが、監獄は「犯罪の学校」である、と。要するにたまたま犯罪を犯して投獄された人が、監獄のなかでまた悪事を覚えて娑婆に帰ってくるわけです。監獄のなかには常習的犯罪者ややくざ者が多くて、それに触れることになるわけですから。また、監獄の成立というのは「前科」を記録するテクノロジーの案出と結びついている。誰がどういう罪を何回犯して処罰されたかが、逐一記録されるようになるわけです。現在の日本でも「犯罪人名簿」というものがある訳でね。しかし、本当にその犯罪者が前犯罪を犯した人間と同一人物か、前科何犯かということは、特定しがたいわけです。見た目も変わるし、犯罪者は変名を使ったりして身分を偽り、重罪を免れようとするから。そこで、指紋をはじめとした身体的な識別のテクノロジーが要請され、それをデータベース化する技術が発明されるようになる。警察に捕まったことがある人は分かるけど、今の日本でも犯罪者の過去はデータベース化されていて、一発で自分がどんな犯罪を犯したか、出てくるようになっているんですね。

そうすると、当然犯罪者には逃げ場がなくなるわけです。どういうことかというと、つまり前科を積み重ねたら就職なんてなくなるわけで、そうすると「暗黒街」で生きていくしか術がない。つまり、売春と麻薬という、法で禁止されているがゆえに、もっとも収益性が高い業務に従事して生きるしかなくなる。監獄は悪を取り締まるものであるはずだったのに、逆に悪事を恒常的に生み出す条件を整えることになる。そしてそれはそれでいいわけです。もっとも利益率が高い事業が社会のなかに存在し、そこから幾許かでも税金などが徴収できるということは、「悪いこと」ではありませんからね。それと同時に、奇妙なことが起こる。つまり、「暗黒街」や「悪人」が、「やくざ者」が、「格好良く」なるわけです。実際、このような体制が整えられると同時期に、犯罪小説や探偵小説といったものが誕生し、暗黒街の魅力、悪のダンディズムといったものが称揚されるようになる。

と、ニーチェ主義者たるフーコーによれば、どういうことになるか。わかりますね。こうした悪というのは結局は監獄に代表されるような当時の特殊な権力の作用、よくいっても副作用にすぎない、ということになります。この暗黒街の非道徳性、「悪の華」といったものは、結局は権力の作用が生み出したものに過ぎず、この権力の体制を転覆するものではありません。フーコーは非常に冷酷に、結局こういう連中は「権力の狗《いぬ》」であり、「心配無用の人物」なのだ、と言い切っています。こうした「悪」に革命性を見いだそうなどと言うのは無駄なことだ、と。これは、道徳性そのものが非道徳的だとしたら、非道徳的なものに意味はなくなる、という、ニーチェの論理と完全に通底していますね。それ自体全く善とは言えない、権力の作用でしかないものが生み出した「悪」が、権力に反抗することができるわけがない、ということなのですから。

さて。われわれにはもう何も残っていないのか、ということになります。道徳も非道徳も、善も悪も、法も無法も、根拠も無根拠も、理性も非理性も、意味も無意味も、同じように「意味が無い」ことになってしまったわけですから。そこで何が残っているのか。

簡単です。真の創造性が残っている。無根拠やナンセンスが、無意味や非理性や非道徳性が格好良くてラディカルで「面白い」、などという浅薄な考えに溺れている人々には手が届かない創造性というものがね。それは何か。

新しい道徳、新しい法、新しい根拠、新しい理性、新しい意味を創りだすことです。それが本当に創造的で、根底的で、根源的なことである。ニーチェはそれを言ったのです。既成の価値に縋るのは論外であり、しかし既成の価値に反抗するだけではまだ幼稚です。問題は新しい価値を創出することだ、と。……まさか、こんなことを今更言わなくてはならないこと自体が驚きで、苛立たしい限りです。未だにいるのですね。無意味や非理性、無根拠こそが面白いなどと口走ってしまう藝術家や作家が。俄には信じがたいことですが。しかも前衛的である、アヴァンギャルドであると自称するひとに限って、そういうことを言う。全く、全くもって愚かしい話です。

先ほど、ハイデガーを引いて「根拠律」について述べました。これは「すべてのものには根拠がある」「すべてのものには理由がある」という命題のことでしたね。つまり、すべての「なぜ」には答えがあるはずだ、ということになります。あらゆる学問とか科学は、原則としてこの根拠律を前提としている。だけでなく、どんなに根拠なんか必要ないと嘯いている人でもね、たとえば自分のかけがえのない家族が殺されたりでもしたら、なぜこんなことになってしまったのか、とは思うわけですね。そこには理由があるはずだ、そうでなくては納得できない、とね。

しかし、ハイデガーは極めて鋭敏に言うわけです。すべてのものに根拠があり、理由がある、というのが根拠律である。けれども、この「すべてのものには根拠がある」という根拠律自体には根拠がない、と。根拠律には根拠がない。道徳に道徳性がなかったように。ではどのようにして根拠律が維持できるのか。この根拠律は消え果ててしまうのではないのか。むしろ消え果てていいものなのではないのか。

そうではない。そうではありえない。その「根拠」「理由」は、後で言います。とにかく、僕が私淑するピエール・ルジャンドルの言い方を借りれば、それは「上演」され「演出」されなくてはならない。つまり、ある種の人為性をもって精緻に創り上げられ、舞台の上に乗せられ、宣明されなくてはならない。根拠律自体には根拠がないとすれば、根拠律自体は論理的に論証することはできないわけです。とすれば、根拠律が示されるには——ひいては根拠があり、理由があり、「なぜ」という問いに答えがある世界を切り開くためには——それは非論理的に、藝術として、美的に上演され、反復されるしかないということになる。

人間は「なぜ」と問う存在である。しかしこれは自明のことではありません。人間はその本性からして、あるいは本来的になぜと問う存在なのではない。人が「なぜ」と問いうるためには、そう問うことが可能である時空を前もって切り開いておかなくてはならないのです。つまり、真の意味で「生きうる」世界を定礎しておかなくてはならない。そして、そのような根拠が存在しうる時空、すなわち根拠律がつねにすでに存在する時空がありうるとしたら、それは美的に、藝術によって設定されてしか存在し得ないのです。そこに新たな何かを到来させる創造性がある。それは何度でも繰り返し、創造し直され、歌い直され、描き直され、語り直され、踊り直され、演技し直され、撮り直されなくてはならない。なぜか。

きわめて逆説的な意味で記念碑的といっていい科白があります。プリーモ・レーヴィという、トリノ生まれのユダヤ人作家が書いた、『アウシュヴィッツは終わらない』という非常に有名な本に出てくる。アウシュヴィッツというのは、まず時によると水すらもらえないという、そういう空間です。だって死んでくれても構わないのですから。端的に虐殺するためにアウシュヴィッツに連れて来たんだから、死んでくれてもちっとも構わない。で、プリーモ・レーヴィが、あまりにも喉が渇いてどうしようもなくなって、窓辺にある氷柱を折ってそれを食べようとした。するとすぐに強制収容所の係員がやってきてそれを奪いとって彼を突き飛ばすわけです。「なぜだ」と言うと、こう返事が返ってくる。「ここに何故はない」と。これ以上は敢えて言いません。何故がない、「なぜ」という問いが存在しない、つまり根拠も理由も理性もない時空というのは、こういうことです。

　だからこうなります。非理性、非道徳、無根拠、そして無意味、ナンセンスこそがアヴァンギャルドであり、ラディカルであり、そしてまた面白く格好いいことである、などというのは、失礼ながら坊ちゃん嬢ちゃんのハードコアごっこに過ぎない。実に下らない。結局はどうせ理性や道徳、根拠や意味があり、どうせ最後には法が自分を守ってくれる、と、思っている親離れができない連中が狭苦しい砂場でお遊びをしているに過ぎない。そういう人間たちの退屈な戯言に耳を傾ける必要はない。

　われわれの論理が、われわれの道徳が、われわれの理性が、われわれの信仰が、われわれの因果性が……そう、われわれの「正気」が本当に耐えがたいものであるならば、作り直せばいい。そして、真の狂熱、真の狂気というものは、これらのものを創造し直そう、そして書き変えようという行為の只中にこそ、その只中にだけ、胚胎しているのです。単に既成の価値に刃向かってそれを面白がっているだけなら、それは藝術の名にも思想の名にも値しません。こう言うと、そういう幼稚な人々は、いや俺達はそんな藝術だの思想だの偉そうぶった高尚なことをやってるんじゃない、などと嘯いたりするものです。そういう連中の言うことなど、だいたい予想がつく。何度も言うけれども、そうやって斜に構えて構えていつまでもぐるぐる回っていればいいんです。

繰り返しになりますが、言います。特にね、無意味なものが面白いなんていうのは、やはり甘ったれた態度なんです。岡本太郎が面白いことを言っている。つまり、彼はお前の藝術はデタラメだとよく言われたらしい。そういうとき、彼は、じゃあ君はデタラメをやってみろ。完全なデタラメをやってみろ。できないだろう、と反問したそうです。非常によく飲み込める話でね。たとえばここにいるあなたたちに、これから、紙を一枚渡す、鉛筆を一本渡すとしましょう。百パーセントのデタラメの絵を描いてみろ、って言うと、これはできないわけです。もっと難しいことを言おうか。これから音楽を一曲流すから、このビートやリズム、メロディをまったく無視して、まったくデタラメを踊ってみせろ、と言われたらどうしますか。困るね。そもそも踊れすらしない人のほうが多いでしょう。もう一つ。野球のボールを一つ渡すから、全くデタラメにボール投げてみろ、と言われたら、どうしますか。見たこともないような仕方で、全く既成の投球法を完全に忘れて投げてみろと言われたら、下手をすると肩や肘を一発で壊してしまうかもしれない。

本当に無意味であるということか、本当に無目的であるというのは、実に難しいことなんです。既成の意味や既成の理性、既成の道徳や既成のやり方に当てはまらない、そこから一瞬でも脱して事を行おうというのは、なまなかにはできない。実は、厳しい「鍛練」によってしかそこには到達できないのです。

砂漠を広げる

この前、僕が心から敬愛する古井由吉さんと対談する機会があって。そのときに、藝術というものは論理で、知で、詰めて詰めて詰めて……詰めて、そこで一滴だけ滴《したた》る鮮血のようなものが叙情であり、理性の彼方にあるものなので、そこまで詰める力も度胸も根性もない奴は、という話になったんですよ。あまり穏当な話ではありませんから、その対談の載った雑誌には無理をして掲載しませんでしたけれども。古井さんの小説には明らかにある種の狂気が、何かゆくらかに燻って は消えていく狂気、そうしたものがはっきりあります。しかし、その彼がそういうことを言うわけです。「理で詰める」ということを、はじめからないがしろにしてもらっては困る。おそらく、本当に既成の論理なり理性なり意味なり根拠なり法なりを突き抜けるには、既成のそうしたものを一旦通過し極め詰めていく苦闘が必要になる。そうしたことなしに、一足とびに無意味や無根拠に、善悪の彼岸に到達できるなどとは、夢にも考えないで欲しいのです。新しい意味を創造しようとするときに、極限まで無意味に近づくことはある。しかしそれはもはや、既成の意味に反抗する限りにおいて、結局は既成の意味に縋っている自堕落な「無意味」とは別のものなんですね。

クリストファー・バトラーという批評家がいて、彼がもう三十年くらい前に出た本のなかで言っていることに、僕はとても共感するんです。たとえば、オルデンバーグってアーティストがいますね。日常の、たとえばのこぎりとか傘とかね、そうしたものをものすごく大きくデフォルメした形でつくっている。あるいは、クリストという人がいて、彼は梱包藝術っていって、何でもかんでも包んで見せる。議事堂から島から何からポリエチレンやビニールで包んでいって、藝術だというわけですね。これに対してバトラーは、非常に厳しくこう言う。彼らは、博物館や美術館に並べられる価値がある物など存在しないという挑発を行うことには成功している。

いままでの藝術の概念を嘲笑することには成功している。だが、それだけだ、ってね。もうすでに彼らも認められた藝術家だから、こう言うことには勇気が必要なのかもしれない。けれども、彼らが本当にアルベルト・ジャコメッティやフランシス・ベーコン、マーク・ロスコなどといった偉大な藝術家と比べられる存在かというと、それはきわめて怪しい。なぜなら……ってもう言う必要はないね。彼らは既成の意味に反抗しているにすぎないからです。幼稚なんです。

それに引き比べて、彼が口にする名前がある。それはサミュエル・ベケットです。ベケットの作品にも何も意味がないように見える。ストーリーも何もない。不条理演劇なんて言われていたわけですから。でもね、ベケットには……何か伝えるべきことが、彼にはあるんだ。バトラーが言うように、ベケットは自己の作品を解説しない。弁明しない。たとえば現代音楽でもね、もちろん偉大な存在ではあるけれど、ブーレーズだってケージだってシュトックハウゼンだって、自分の音楽を黙って差し出すことはしない、できない。分厚い本を書いて、自分の音楽はこれこれこういうわけで、ってずっと説明するんだよね。その説明なしには、聴けないわけです。ベケットは、決してそういうことはしなかった。なぜなら、彼は……無意味に、既成の意味に逆らうだけの自堕落な無意味に溺れているわけでもなければ、自分が何も伝えるべきことがないということを詰まらない説明や弁明でごまかす必要もなかったからです。彼の小説や演劇がいかに無意味に見えようと、それは無意味とは違う。それは新しい意味が生成してくる、立ち上がってくる時空が、既成の意味からすると意味が消え果ててしまっているように見えるからなんです。意味と無意味の二項対立を超えたところで、新たな意味の創造が一見無意味に見える。こういうことを、はっきり区別しなくてはならない。

ベケットはあるべき藝術についてこう言っています。「表現の対象がない、表現の手段がない、表現の基点がない、表現の能力がない、表現の欲求がない、あるのは表現の義務だけ——ということの表現」と。それでも表現しなければならない、ということの表現。それでも続けなければならない、ということの表現、ということです。そしてこうも言っている。「わたしは人々を教育したくもなければ向上させたくもないし、また退屈させないようにするつもりもないのです。わたしが望むのは演劇に詩を持ち込むことです。虚空を通り抜けて新たな余白に新たな始まりを刻むような詩を。新たに広がる世界では、基本的にわたしは自分が理解されるかどうかをあまり気に留めません」とね。虚空を通り抜けて新たな余白に新たな始まりを刻むような詩、新たに広がる世界、と。彼が幼稚な無意味に溺れているのではないことがわかるでしょう。続けなければならず、そして新たな始まりを刻まなくてはならない、と、彼はここで克明に言っているのですから。

意味とは創り出すものです。根拠でも、理性でも、道徳でも、掟でも、われわれはそれを新たに作り出さなくてはならない。ニーチェが言うとおり、ただそれを幻想だとして破壊するだけでは、何にもなりません。彼は言っています、「幻想を破壊すれば、ただちに真理が創造される、ということにはならない。それどころか新たな無知の断片を産み、われわれの〈虚空〉を広げ、われわれの砂漠を広げる。すでにわれわれはこのことを承知している」と。ニーチェが、他ならぬニーチェがこれを言っているのですよ。これは『悦ばしき知識』にはっきりと出てきます。

絶対的な非救済

そもそも、この宇宙の膨大な生成のなかで、人類に目的が与えられているわけではありません。われわれ人類が生まれ、そしていつか滅びることには、目的はありませんん。目的が決まらないと意味ははっきりしないね。たとえば、急に話が身近になるけど、現役で早稲田大学に入学しようなんて目的がしっかり確定されると、そこから逆算するようなかたちで、今何をやればいいのかはっきり判るし、その意味も定義できるようになるでしょう。数学をもう少し勉強しよう、そうすればもっと合格に近づける、とかね。それには、はっきり意味がある。でもね、この宇宙の巨大な生成そのもののなかで、人間の存在自体に目的があるか。無い。

やはりどうしても、こういう事を言おうとするとニーチェになってしまうんだけれども——彼はこういうことを言っている。『人間的な、あまりに人間的な』です。自ら行うことすべてについて、最終的に人間が無目的だということを見て取るときに、自分の働きが浪費という性格をおびて見えてくる、と。ひとつひとつの花々が、自然に浪費されているように、われわれひとりひとりも浪費されている。この「浪費されている」という感情は、あらゆる感情を超えた感情なのだ、ってね。そして、この感情を感じる能力があるのは、確かに詩人だけだ。そして詩人というものはいつも自己を慰めるすべを心得ている——と。

われわれは宇宙に浪費されているわけです。盛大に消尽されている。火にくべられている。人類には目的がない、ということは、こういうことです。生きることに目的がないというのは。浪費されているということです、踏みにじられた花のように。大洋に浮かぶ泡粒のように。

でも、これが、これこそが、自由ってことなんです。目的がないということは、目的に従わなくていい、目的の奴隷ではなくてもいいということなんだから。救済など必要ない。我々は、言うなれば絶対的な非救済という形で、すでに救われている。つねにすでにもう自由なんだってことなんです、これは。

われわれはこの世界に「果たされている」。果実の「果」ですね。われわれは一人ひとり果たされていて、われわれはわれわれを果たし合っている、のです。果たし合わされている、ひとつの戦いを。われわれは、われわれの生を果たして、果たされている。

こういう話になると、もう切りがないね。もう時間でしょう。質問の時間もとらなくてはならないわけだよね。こういうことを感じるためには、詩人でなくてはならないと言っているわけだから、詩を三つ、暗唱しましょうか。そうでもしないとケリがつかないでしょう。

『切りとれ、あの祈る手を』の表題に引用した、ツェランの詩を暗唱します……これで覚えてなかったら、大笑いだよね（笑）。僕よりも詳しい人がいるかもしれない。間違っていたら、訂正してください。ドイツ語は、僕は独学なんで、発音は下手です。耳障りだったら、ごめんなさい。行きます。

Schneid die Gebetshand
aus
der Luft
mit der Augen-
schere,
kapp ihre Finger
mit deinem Kuß:

Gefaltetes geht jetzt
atemberaubend vor sich.

訳します。「折りたたまれたもの」というのは「本」のことだと思ってくれていい。

切りとれ　あの祈る手を
空
から、
目の
鋏で、
その指先を詰めろ
お前の口づけで

こうして今　折りたたまれたものが

息を呑む有様で生じる。

この詩については、注釈は必要ないと思う。この詩について、ある種の暴力性ということを云々する人がいるんですが、違うね。目の鋏で、お前の口づけで、と書いてあるのだから、ここにあるのは直接的な暴力性ではない。ある種の激しさはあるけれども、単純な暴力ではない。眼差しと口づけで行われる切断、の後にこそ「本」が産まれる、ということです。単なる暴力、単なる破壊行為が歌われているのではない。なぜ意味を創りださなくてはならないのか、人類そのものの生が無意味なのかもしれないのに、という問いがあってしかるべきでしょう。簡単です。後に来るもののために、です。未来のために、です。

あと二つ、暗唱しましょうか。やはり、ニーチェが言うようにね、こういうことは詩がいいんです。自分が生きている世界を歓ぶことは誰にでも出来る。悲しむこともできる。しかし、それ以上のことがあります。自分が死んだ後の世界を、自分のいない世界を歓ぶこと、です。まず、それだけを考えてください。そのことだけを握りしめて放さないでください。それはとても大事なことです。こういうことを言うとね、何だか宗教じみているとか、生の哲学だとか、下らない悪口を言う連中がいますが、自分がどんなに矮小な箱庭で右往左往を繰り返しているか、考えて見ればいい。自分の生きている間なんてどうだっていいよ。自分の生きているあいだに決定的なことが起こっていなくては困るなんて、単に権力欲です。もういいや。行くよ。金子光晴の詩の一部です。奇妙な昂揚と恍惚感に満ちた詩句です。

海辺の白砂の
しめつたはだを、
さざ波がよせ
さざ波が退く。
さざ波が退き
さざ波がよせ、
いつかは、君はゐない。
いつかはおれもゐない。

これ以上引用すると、何しろ彼のことですから、とても艶っぽい詩になってしまうんだよね。だからここでやめておく（笑）。

もう一つ。ベルトルト・ブレヒトです。さて、思い出せるかなあ。……うん、これはドイツ語では思い出せない。ごめん（笑）。対訳にして昔読んだだけだからね。長谷川四郎さんのすばらしい訳業で覚えていますから、それを暗唱しましょう。彼の死の間際の詩ですよ。行きます。

慈善病院の白い病室で私が
朝ちかく目をさまし、ツグミのなくのを
聞いて、まえよりもよくそれがわかった
すでに久しく私に死の恐怖はなかった
私自身がいなくなったとしたところで私には
なにものもなくなりはしないだろうから
今、私には出来た

私のいないあとのツグミの歌をも
ことごとくよろこぶことが

以上です。何か質問があったら。（拍手）

（二〇一〇年一一月二二日　早稲田大学生活協同組合ブックセンター書籍部）

「夜の底で耳を澄ます」を要約する十二の基本的な註記

（二〇一一年二月六日、京都 Mediashop における講演）

（著者による註。これは二〇一一年二月六日京都 Mediashop で行われた講演のテープ起こし原稿から十二の短い、ごく基本的な註記、考察を抜粋したものである。講演をそのまま発表せず、このような処置を施したことにいくつか理由がある。まず、当日の講演会場の若い聴衆の細かなリアクション、まばらに繰り返される軽い頷きから意識半ばに傾げられる首の挙動、そして薄らな驚きのためか不意に幾度も瞬かれる目などの兆候を感じ取り、私は当日かなり一から自身の論旨を説き起こすことになった。客席が昏く、聴衆と近く、しろい壁にライティングがまばゆい、その場の演出も一因だったろう。ゆえに、いままでの著作あるいはこの『アナレクタ3』と話題の重複する部分が多くなり、それは本書を読む読者にとっては退屈であろうとあやしまれた。もう一つの理由はこうだ。この京都という街の、そしてこの書店の、不思議と淡々として孤立を恥とせぬ凛とした感触と、しかしそれと相反しないきわめて親密な雰囲気に連れられて、私はかなり大幅に常々自らに課している戒めを解き、さまざまなことを自由に語りえた。そこから得られたものは大きかったが、しかし次の著作どころか次の次の著作、否あと二十年もして力をつけたらあるいは、と思っていた著作の内容まで、文献の精読や考察の積み重ねもあやういまま言葉にすることになった。それは私にとって放言に傾くかと思われた。それでもこの原稿を没にしなかったのは、あの日あの場を設えて下さった人々、また来場して下さり真摯な質問を投げかけてくれた人々に対する友愛と尊敬の念ゆえである。あるいは都合で来れず会えなかった人々への次の機会を願う軽い挨拶の代わりとしてであり、そしてまた、そのなかにいる果敢なくなって二度とは会いえぬ人への追悼の念からである。）

一、藝術は無関心性ではない。藝術は利益（関心、interest）に関わらないものではない。藝術が「美的でしかないもの」として、ある檻の中でのみ生存を許されるようになったのはたかだかこの二百年であり、ごく地理的歴史的に限定された事態にすぎない。美術館や博物館に閉じこめられて美だけに奉仕する、生きること自体に関しては二次的な装飾物であり贅沢品でしかない高踏的なものとしてのみ理解される「藝術」は、当然だがすでに問題ではない。ゆえに、「藝術」を否定することにも意味はなくなる——それは使い古された手、もはや何の才気も努力も必要としない自堕落なやり口にすぎない。実際、批判的であるにせよ美を単なる制度に還元する考え方は、美を美に対する特定の態度に帰するカント美学の考え方と同形式であり、実は同根である。藝術（art, Kunst）はラテン語でアルス（ars）、すなわちギリシャ語のテクネー（technē）の翻訳語である。これは自然（nature, Natur）、すなわちナトゥーラ（Natura）あるいはピュシス（physis）に対する語である。強いて単純化し、こう言おう。アルスあるいはテクネーはナトゥーラあるいはピュシスに抗して生き延びることを可能にするあまたの術のことを意味する。それは生存のための「工夫」とでも訳すべき何かであって、昆虫には昆虫のアルスを、草木には草木のアルスを考えることはおそらくは可能である。それは常にすでに生の技藝、サーヴァイヴのための技術であったし、あるし、あり続ける。ゆえに、生き延びるための技藝とみなしうるものは、すべて藝術たりうるということになる。衣食住を含め、アルスはなべて受胎のためのアルスであり、テクネーはすべて子を産み育てるためのテクネーである。我らの狂気を生き延びるためか、正気を生き延びるためかすら定かではなくても、なお。繰り返す。藝術批判は意味をなさない。藝術を放棄することは、生を放棄することを意味する。アルスは死なない。テクネーは死ぬことができない。

二、ヨーロッパ藝術は他文化の藝術に比べて視覚に偏っている（精密きわまりない写実を当初から旨としていたヨーロッパ絵画の歴史を、たとえばイスラームの装飾的絵画文化の歴史と比較せよ）。何故か。他の一神教においては（聖典においてさまざま議論となるべき箇所はあるにせよ）原則として無限者である神は有限者である人間の有限たる器官にすぎない目には見えない。しかしキリスト教においては、キリストが神であると同時に人間であるとされる。つまり神と子イエスが神性において「一つ」であり「同質《ホモウシオス》」であるとされる。イエスは、十字架上の死において人間であることを証し、復活することにおいて神であることを証した。人間であるがゆえにイエスは絵に描きうる。ゆえにキリスト教文化圏では無比の価値である神を描きうる。神である者がかつて自分と同じこの世に存在し、跡を残し、そしてそれを目に見て描くという欲望、これがヨーロッパにおける視覚文化の優位を創り出した。

三、建築（architechture）の語源については存外に諸説ある。ラテン語の

architectura に由来するがこれはそもそも「建築家」architectus に由来し、そもそもはギリシャ語の arkhitekton、すなわち「第一の棟梁」「大工の長」という意味になる、とは取り敢えず言えるが、派生語の検討も含めると論者によって違いがある。無論一見して理解しうるようにアルケー（arkhē、原初あるいは根源）とテクネー（technē）まで遡ることは不可能ではない。ただ、ハイデガーが『藝術作品の起源』で最初に建築、すなわち「神殿」を例に挙げ、世界を創立し大地（Erde）を確立するものとしたことは銘記すべきと思う。いわく「作品はある一つの世界を創立することにおいて大地を確立する」。「作品は大地をある一つの大地たらしめる」。根源的なアルス、すなわち他の全ての藝術あるいは創造行為を可能にする藝術があるとすれば、それは大地に、あるいは「領土性」にかかわるものとなるだろう。生きうる場が、時空を確保することなくして、藝術は可能ではない。しかし、おそらくは、その時空の確保は、藝術なくしては可能ではない。そして、それ自体が藝術そのものである、だろう。

四、「構造（structure）」はラテン語の structura に語源を持ち、そもそも「建築すること、大工作業を行うこと、嚙みあわせること」を意味した。これはそもそも建築(architechture)と同じ意味を持つ語とされていた。ウィトルウィウスを引くルジャンドルが言うとおり、これは「自然ではない人工的なものをあたかも自然であるかのように見せる」技藝のことである。例えば、産業革命において壊滅し、その後植林しなおして創られた英国の美しい田園風景は、構造であり、建築である。人類学の記録によると、椅子というものがない、椅子に座れない部族がいた。われわれが今ここで長い時間椅子に座っていることも構造であり、建築である。

五、藝術は領土取得に関わる。また、法に関わる。カール・シュミット曰く、「大地は法の母である」。大地は豊穣さにおいて富を産出し、また場所や境界線の確定によって分配を可能にする。ギリシャ語のノモス(法、慣習、nomos)はネメイン(nemein)という語、すなわち「所有すること」「分割・分配すること」「牧畜すること」を意味する語に由来する。

六、ある大地を自然に抗して、しかし自然との闘争のなかで、ゆえに自然とのある種の特定の形式のなかで、保持すること。（無論、「大地」と「領土」を直線的に同一視することはできないが、ともあれ）大地を分割し、領土化することは、藝術の前提であり、なおかつ藝術それ自体である。おそらくは、今述べた「ある種の特定の形式」を案出することすら、藝術である。それはまた建築であり、また構造である。「人間化された自然」の自明性は、その結果に過ぎない。

七、目は閉じられる、口は閉じられる。耳を閉じることはできない。精神医学の知見を見ても、耳は感情にひらかれた器官である（中井久夫氏や神田橋條治氏を参照）。藝術を開始する、領土を宣明するための藝術、それは聴覚に関わる。「闇のなかに一人の子ども、こわくて堪らないけれど、歌を口ずさめば大丈夫」と始まる、ドゥルーズ＝ガタリの『千のプラトー』の「リトルネロについて」という、実に美しい一章を読もう。リトルネロ、すなわちリフレイン、繰り返される歌とリズムこそが領土を確保する。ハイデガーとドゥルーズ＝ガタリの差異（神殿建築あるいは視覚藝術と音楽の差異）、あるいはシュミットとドゥルーズ＝ガタリの差異（法をめぐっての差異）を見出すことはたやすい。が、われわれは次のように考えよう。

構造＝建築の生成にあたって、すなわち大地の創立・領土取得・法の定礎にあたって、音声が極めて重要な役割を果たしている、と（無論、ハイデガーが言う根拠＝大地（Grund）の問題系も、ここから考えなおされなければならない。根拠は法の問題だからである）。そしてなおかつ、このプロセス全体のあらゆる局面が藝術と呼びうるのであり、それは必ず受胎の、繁殖の藝術《アート》である。歴史さえをも越えた長大な継続のなかでは一瞬のもの、芥子粒にも足りぬものに過ぎないが、偶さかのあいだ子がまた子を産みうるようになるために、この大地にひとつの場処を求めるということ。それが藝術の目的であり、また藝術自体である。

八、ここで、人間の概念を二重化することが要請される。われわれは「フマニタス」ではなく「アントロポス」である。『夜戦と永遠』第二部第五章五一節を参照。人間中心主義批判は、すべてではないにせよ、往々にして西洋人の自作自演にすぎない。人間さもなくば動物というのは、西欧中心主義的・人種差別的思考である。

九、藝術の起源となる藝術をもう一つ考えうるとすれば、それはダンスである。それは人類史的にも最も古い。そしてまた、すべてのダンスは「奇形的」である。そ れは身体の活用のヴァージョンの多種多様さそのものである。繰り返し述べるように、われわれは社会に振り付けられている。その振り付けの多様性と同じだけ、ダンスは多様である。ルジャンドルが述べている興味深い例がある。バレエというダンス形式は、奇妙にもそして奇形的にも「高く」飛ぼうとする。ユダヤ教、イスラーム、キリスト教、三つの一神教が並立していた広義の地中海岸の地方、と「ヨーロッパ」を定義することはすでに歴史学者のあいだでは通常の見解である。その「広義の」、おそらくは北欧も含む地中海沿岸地域では、長きにわたって集団でダンスを行う慣習が存在した。それらのダンスは高く飛ぼうとしない。バレエは高く飛ぼうとする。ルジャンドルは、あるダンスを禁止するある教皇の勅令にその根拠を求める。そこには禁止の理由として、神は人間を飛ぶように創造しなかったからだ、と書いてある。ダンスと飛ぶことが似ていると思ったことすらなかった人々も、ダンスの禁止が飛ぶことの禁止と結びついたこの瞬間から、侵犯のために「飛ぶ」ことを重視するようになったのである。そこから急速に跳躍の技藝が磨かれ、バレエという偉大な藝術に結晶する。法とダンスの特異な関係であり、それを自明視する

「構造」の成立である。また、キリスト教と音楽のねじれた関係をも参照せねばなるまいが、時間がない。そして、ダンスとは「フロア」を前提とする。ある程度の安定した平らな空間を必要とし、ゆえに建築を前提とする。にもかかわらず、実は「ダンスする集団」ほど「領土性」を主張するものはない。ダンスと建築は、相互にそれぞれを前提とし合っている。また、一歩踏むだけではダンスにはならない。リズムにもならない。二歩目を、三歩目を、四歩目を踏む。そして拍が生まれる。ダンスは単独でリトルネロである。それは領土を主張する。

十、重要なのは、藝術は変えうる、ということである。すなわち、領土性も、その形式も、法も、建築も、構造も。ただし、他の著作で述べたように、「戦略家などは居はしない」。それはひとつの「賭博」としてしかなされ得ないだろう。

十一、ファンクとは何か。それはリトルネロである。こう言うことは「リトルネロ」の定義そのものを変えうるが、詳論しない。また、時間に余裕がないため、オフビートの問題については立ち入れない。ジェイムズ・ブラウンは「メロディ」と

「リズム」の区別を解消してしまった音楽家である。ゆえにそれはポリ「フォニー」でもポリ「リズム」でもない（バッハやスティーヴ・ライヒとJBの差異をみよ）。すべてのリズムの一打には音階を当てうるのであり、バーナード・パーディが言うようにドラムはメロディ楽器でもある。そしてすべてのメロディの一音はリズムを打つ。かくして、メロディとリズムのあいだにあってどちらでもありどちらでもないものが無限に絡まり合う。それがファンクの本質である。それは一つのメロディの（あるいはリズムの）専制を原理的に許さない。である以上、それは思うがほか難解な性質を持つ。それは通常のポップ・ミュージックの生理にしたがって数分で終わる必要がない。ファンクは終わりを知らない、終わる必要がない。原則として、ジェイムズ・ブラウン以降、ポップ・ミュージックはすべてポスト・ファンク・ミュージックである。DJ Mixできる音楽は、実は原則としてすべてファンク・ミュージックであり、ジェイムズ・ブラウンは自身、全ダンス・ミュージックの祖を名乗っているが、それは間違いとは言えない。ひとはリズムだけで踊るのではない、メロディでも踊りうる。より正確にいえば、ひとはリズムとメロディのあいだに鳴る何ものかによって導かれて踊るのである。ドゥルーズ＝ガタリが、みずからのリトルネロ概念を説明するにあたって、「リズム的人物」と「メロディ的風景」を区別している。が、それは十分に説得力があるものとは言いがたい。小鳥の歌を繰り返し例にとる彼らだが、小鳥がリズムとメロディを区別しているだろうか。ましてや、そこで「リズム的人物」の模範例となっているのはヴァーグナーである。ニーチェはそれに抗して、「踊る軽い足を持つ」「褐色の肌」をした「地中海」の音楽を求めたのだった。ビゼー？　否。その「地中海」を「カリブ海」に変えれば、すべては納得が行く。その北の果てにニューオーリンズをも持つカリブ海に。

十二、ポアンカレ予想を解いた不世出の数学者、ペレルマンの逸話。ペレルマン少年は数学の問題を解く時に、ズボンの太腿のあたりをこすりながら、上半身を前後に揺らし始める。だんだん激しくなる。問題が難しいなら、小さな声で歌を口ずさみはじめる。ペレルマンの場処、誰にも立ち入れないあの領土。小さな数学者のリトルネロ、彼が歩いた闇の深さ、そしてそこから踏破した道の長さは。

砕かれた大地に、ひとつの場処を
――紀伊國屋じんぶん大賞2010受賞記念講演「前夜はいま」の記録

こんばんは。佐々木中と申します。今日は大変な中お集まり頂いて、本当に有難うございます。

……大変な中、有り難い、と今言いました。そうですね。佐々木は震災について何か発言しないのかと、友人たちからよく言われます。さまざまな新聞の記者の方々、そして雑誌等の編集者の方々からも今回の震災についての発言の依頼を受けています。そのなかには「知識人の責任」として、この事件について発言をし「なければならない」と諭す方もおられました。

しかし、率直に言って、私はこういう雰囲気をある種の圧力だと感じます。権力作用、と言えば正確ではありますが、大げさに感じる方もおられるかもしれませんから、圧力という言葉を使います。

このような圧力の正当性は疑わしいし、少なくとも思考を部分的には「腐敗」させるものだと思います。どういうことでしょうか。

文藝批評家ロラン・バルトは、ファシズムをこう定義しています。つまり、それは発言を「禁ずる」ものではなく、発言を「強要する」ものである、と。また、哲学者ジル・ドゥルーズは次のように語っている。われわれはコミュニケーションの断絶に悩んでいるのではなく、発言を強制するさまざまな力があるから悩んでいるのであり、「沈黙の気泡」を整えてやることが大切なのだ、と。何かについて「それについて私は何も知らない」と語るのは本当に気分がいい、と彼はかすかなユーモアを燻らせながら、言葉を継いでいます。

また、ドゥルーズが語ったなかでも、実に印象的な台詞があります。詳しくは申しませんが、彼はある時に、ある一群の哲学者たちを指して、「強制収容所と歴史の犠牲者を利用して」いる、「屍体を食い物にしている」と激しく非難したのですね。おそらく、他でもない彼が——あのように独特の、飄然としてなお謎めいたユーモアを漂わせていた哲学者など、他にいるでしょうか――語ったなかでは、もっとも憤怒に満ちた非難の言葉です。

私は恐れます。自分が過つことを、ではありません。未来のことは判らない。ゆえに過たない人など居ないのですから。では何を恐れているのか。痛ましくも死者となった、そして被災者となった方々を「利用」することです。しかも、バルトやドゥルーズが批判した「発言を強制する」ような、無言の圧力に負けてそれを行うことです。私は不意の偶然からこうして人前で弁じることが仕事の一部となりました。しかしそうではない、この場にお出でになったみなさんでも、こうした無言の圧力を感じていらっしゃる方がいると思います。「何かを言わなくてはならない」「可能なら気の利いたことを言わなくてはならない」という、よくよく考えると何の根拠もない圧力は、この社会に遍在しています。われわれはそれによって苦しんでいる。それればかりか、いま最悪の事態のなかでもっとも悲惨な境遇のなかにいる人々を、敢えていえば「ネタ」にして「利用」して語ることを、われわれは強要されている――とすれば、どうでしょう。

実に難しいことです。「語れ」という圧力に屈せず、死者や被災者を「利用」することなく、しかし真摯にこの事態について、それでも何かを語らなければならないとすれば。これは殆ど綱渡りに近い何かといっていい。ある作家が、すこし沈痛な音調の文面で私に書き送ってきたことがあります。つまり、やはりこの事件も、オウム真理教事件などと同じく、二年ないし三年は文学そして思想や批評シーンで「ネタ」として消費されて、そのまま忘れ去られてしまうのではないか、と。そうなのかもしれません。ドゥルーズが非難したような形で、「利用」し「屍体を食い物」にする人々が、また現れるのかもしれません。たとえばこの震災を話の種にした小説が次々と出版されたり、「9・11から3・11へ」などといった題目で、思想・批評ゲームが繰り広げられることになるのかもしれません――「さぁ、お祭りだ。一大イベント、ゲームの始まりだ。お題は大震災と原発事故だ。はい、一番頭がいいのは誰？」とね。そうではないことを望みます。心から。

無論、仮初めにでもそんなゲーム盤に乗る気はない。拒否します。実際、私はこの震災についてのコメントを今まですべてお断りしてきました。

しかし、率直に言えば、果たしてこうしたことを「拒否し切れる」ものでしょうか。当然、この惨禍をめぐって発言される人々のなかには、被災者の方々を「利用」することから辛うじて免れ、なおかつ真摯かつ誠実にこの事態と向きあうことができている人もいるでしょうから。居られなくては困るわけです。しかし、それはどのようにして可能なのか。

多くは申し上げませんが、私は最近、「ライムスター宇多丸のウィークエンド・シャッフル」というラジオ番組に出演しました。そこで、ジョナサン・トーゴヴニクという写真家のルワンダ虐殺事件を扱った写真集を取り上げました。その時、「誠実な絶句」ということを言った。彼の写真集は、ぎりぎりのところでルワンダの、凄絶と言うもおろかな虐殺に遭遇して苦境にある女性たちを「利用」してはいないと私には思える。彼女たちを「理解」することもできず、彼女たちを「代弁」するなどということもできないときに、われわれには「いかに誠実に絶句するか」「その絶句自体をどのような試行錯誤において人々に伝えるか」という課題が遺されている。しかもトーゴヴニクは実践として彼女たちのために基金を設けて働いている訳ですね。彼の写真集を買えば、具体的に救われる人がいる。ここまでして、ようやく「なんとか免れている」と言えるのだとしたら、やはり気楽にはものは言えない。

よろしいでしょうか。われわれは「当事者」ではないわけです。皆さん本日いまこの場所にいる。ということは死んでいない。家も家族も、おそらくは失ってはいないわけです。無論、事の本性上、われわれもいつ彼女ら彼らのようになるかわからない。そういう意味ではわれわれと彼女ら彼らの立場には「相対的」な違いしかない、とは言えます。しかしこの相対的な立場の差異じたいが「絶対的」である。ゆえに、たやすく代弁の言葉を語ること、そして安易なおのれと「彼女ら彼ら」の同一化をおこなって感情的になったり「説教」を行うことは、私のなかの何かが強く禁じます。しかし、その上で、一体何ができるだろう。何かしなくてはならないとしたら。——何かはしなくてはならないのだから。そういうことを、公共の電波をお借りして、春の推薦図書特集という間接的な場で、お話ししたつもりです。私自身の課題としてではなく、みなさん一人ひとりの問題として受け取られることに成功したかどうか、それは定かではありませんが。

また、いとうせいこうさんと今、即興で十枚程度で一章ずつチャリティー連作短篇を書いてネット上に発表し、寄付を募るということもやっています。これは単行本になりますが、いとうさんも私も印税はすべて寄付することになっています。ここでも、やはり同じですね。いかに死者、被災者の方々を「利用」しないで、しかしこの圧倒的な現実というものに小説で応答するか、ということです。直接的に震災をフィクションの題材として取り扱えば、それは「利用」になる。それは行ってはならない。しかし、それでも「いま」しか書かれ得ないことがあるとしたら、それはどういう小説であるべきか。実に難しいですが、何とか試行錯誤しながらやっているところです。

以上いくつか挙げた理由から、もう、これ以上コメントしたくはないのです。非常にがっかりされる向きもあるかもしれない。「知識人の責任」を果たしていない、と、そうした非難も甘んじて受けるつもりです。しかし、それでも、私は「ゲーム盤」には乗りたくない。多くのご依頼をお断りしているのは、そういう理由があってのことです。

しかし今日は——そうですね、受賞記念ということですから、やはり来ないわけにもいかなかった。こういうのも無言の圧力なんですね(笑)。

今回の震災について、私が語りうることはとても少ない。地震学も原子物理学も学んだことがない門外漢ですし、こうした学問ひとつ学ぶだけで十年や二十年どころではない労苦が必要になるわけですから。そもそも、私は「何でも知っている」という知識人の万能を敢えて回避することによって、ものを書くようになった人間です。とてもではないですが、何でもかんでも口出しするようなことは出来ない。

ただ、淡々とデータだけを述べたいと思います。私は以下のデータについて何の専門性も主張しません。普通の、近所にある公立図書館に行けば誰でも手に取れる、さまざまな百科事典や『理科年表』、『現代用語の基礎知識』や、あるいはウィキペディアにも載っているのではないかというくらいの知識しか用いません。つまり、ここにいる皆さん誰でもが即座にアクセスしうる知識しか申し上げません。無論、こうしたことが起きてしまったわけですから、私のような者でも関連書籍をいくつかは読んでいます。しかし、そうした昨日今日つけた付け焼刃の知識を皆さんに披露しても仕方がない。それは私の役目ではありません。ですから、これは今日の話の本題ではない。付録です。

二十一世紀になってからまだ日が浅いですね。しかし、その二十一世紀の日本において、マグニチュード7前後の地震は何度起きているでしょうか。ざっと数えても、もう十九回は起きている。〇三年十勝沖地震ではマグニチュード8・0。〇四年の新潟県中越大震災がマグニチュード6・8ですが六十八人以上死者が出ています。〇七年の新潟県中越沖地震も同規模で、十五人亡くなっています。宮城・岩手内陸地震がマグニチュード7・0で二十三人死んでいる。——あまり列挙しても仕方ありませんから、この辺でやめておきます。が、この後でも、つまり二〇一〇年代だけで他に九回も起きているんです。そして二〇一一年に東日本大震災が起こった。

マグニチュードという単位ができるのが一九三五年で、普及にはもう少しかかった筈ですから、完全に正確な計測値とは呼べないかもしれない。しかし、ともあれ二十世紀の日本ではマグニチュード7以上の地震が六十一回以上起きているということになっている。十九世紀は二十九回、十八世紀は七回、十七世紀は八回、です。すると、だんだん大地震は増えているのか、ということになりますが、もちろん違います。記録に残っていないだけです。

例えば十七世紀、一六〇五年に慶長地震というのがありました。南東海地方の、連動地震です。推定マグニチュード8で一説によると二万人が亡くなっています。こんな昔ですからね、死亡者数もなかなか定かではないのですが。一六一一年、慶長三陸地震――名前が示すとおり、これは今回とほぼ同様に、岩手の三陸沖で起きた地震です――は推定マグニチュード8で死者が五千人出ています。一六六二年には近江地震、推定マグニチュード7・4ないし7・8、死者が四千人出ています。一七〇三年、房総半島南端を震源とした元禄大地震でマグニチュード8、死者が五千人。その四年後、東南海連動型の宝永地震でマグニチュード8・7で死者が二万人以上。一七七一年、八重山地震でマグニチュード7・4、大津波で死者一万二千人。一七九三年、またも三陸沖地震でマグニチュード8・4で死者が百人。エトセトラ、エトセトラ、です。まだまだあります。こうしてメモを読み上げているわけですが――まだずっと読みますか、これ。

少し飛ばしながら行きましょう。十九世紀だと江戸時代ですね。記録に残っていない地震も多いだろうなかで、しっかりと残っていて死者が多く出た分だけ申し上げます。一八四三年、四七、五四、五四、五五、九一、九六年。いま一八五四年を二回言いましたね。この安政東海・南海地震は推定マグニチュード8・4が一年に二回起きて、全部で――これも推定ですが――六万人死んでいます。その次の年にも安政江戸地震というのが起きて一万人が死んでいます。二年間でだいたい七万人ねーー三陸で、マグニチュード8・2ないし8・5の地震が起きて、二万二千人が死んでいます。

二十世紀です。一九一一年に喜界島地震でマグニチュード8・0、死者十二人、一九二三年に関東大震災でマグニチュード7・9、死者が十万五千人。一九二七年に北丹後地震がマグニチュード7・3で死者が二千九百人。一九三三年、昭和三陸沖地震ーーまた三陸ですーーでマグニチュード8・1、死者が三千六十四人。一九四三年に鳥取地震、マグニチュード7・2で死者が千八十三人。云々、云々……。こうして、ずっときています。もういいでしょう、少し飛ばします。

しかしーー三年と経っていません。三年と経たずマグニチュード7以上の地震が起きて数百人から数千人の死者が出ているのです。四四年、四五年、四六年、四八年、五二年、と。

ここで注目しておきたいことがあります。一九六〇年代から八〇年代にかけて、大きな地震は十四回しか（！）起きていない。そして一番死者が多かったのが百四人なんです。六〇年代から八〇年代にかけて例外的に日本は大きな地震が少なかった、とは言える。逆に言えば、十四回「しか」といわねばならず、「百四人」が「少ない」と感じるほどの地震多発地帯に住んでいるということです。そしてまた、この例外的に地震が少なかった二十年間で皆、何か忘れてしまったのではないでしょうか。そして、一九九五年、阪神淡路大震災においてマグニチュード7・3が記録され、六千四百三十七人の死者が出る。

千年に一度の大地震、という見出しが新聞やテレビでいま躍っていますね。全くの大嘘とまでは言いませんが、こうして見るとかなり怪しいと言わざるを得ないのではないでしょうか。この列島では、十年経たないうちに千人以上の死者が出る地震が起こるのです。そういう土地です。

よろしいでしょうか。これは誰でも、そのへんの小さな公立図書館で一時間も調べれば知れる、単なる初歩的な事実です。白けた事実です。私の話は、まだ本題に入っていません。これは復習です。

この日本列島という国では、原発事故というのはかなり起こっています——隠蔽されていないものだけ数え上げても、です。以下、敢えて「レベル2以上」と「認定された」ものだけお話しします。だから有名な「高速増殖炉もんじゅ」のさまざまな事故は、入れていませんよ。

一九七八年、当の福島第一原発の一号機がレベル2ないし3の事故を起こしています。当時は報告義務がありませんでしたから、公表されるのは二〇〇七年です。八九年、福島第二原発の三号機がレベル2の事故を起こしています。九〇年、福島第一原発の三号機がレベル2の事故を起こしています。九一年、三浜第二原発の二号機がレベル2。同じ九一年、浜岡原発三号機がレベル2。九七年、東海村の再処理施設でレベル2。九九年、志賀原発の一号機、これは北陸電力が八年間のあいだ検査結果を改竄などして隠蔽した事実が知られていまして――ご存じのとおり、こうしたことをしていたのは北陸電力だけではありませんが――そのせいか、私の手元の資料集ではレベルが1だったり3だったりして、食い違うんですね。困ってしまいました。どなたか詳しい方、会場にいらっしゃいませんでしょうか。

そして九九年、同年の十一月十二日、今回の事故が起こるまで日本で最大の原発事故であった東海村JCO核燃料再処理施設の事故が起こります。レベル4でした。私はこのとき十六歳で隣町に住んでいました。学校を辞めたばかりで、事故進行中、何回もこの施設の前を通っています。

以上、レベルに該当しないとされている〇七年に柏崎原発の事故は入れていません。先ほど申し上げたように「もんじゅ」も入れていない。他にもいろいろ敢えて入れていない。それでもこれくらいは起きているんだという事です。隠蔽や改竄、未報告疑惑があるものは全部取り除いても、ということです。

チェルノブイリ原発事故の存在自体をゴルバチョフが知らされておらず、激高したというのは有名な話ですよね。そういうことが繰り返されて来ている。国外に目を向けると、これも十年と経たないですね。みなさん熱心に聞いてくれて嬉しいんですが、私は少しうんざりしてきています。恥辱を感じます——。こういう世界の存立を許してきてしまった責任の一端は、仮にごく僅かであれ、やはり自分にもあると思うので。しかし、もう少し続けましょう。

五七年、ウラル核惨事、当初は「何が起きたのかすらわからない」とされていた原発事故がソ連で起きます。今でもその正確な全貌は明らかではないと、私が昔読んだ本には書いてありました。五七年に起こったのですが、資料が公開されたのはグラスノスチ以降です。ゴルバチョフが怒りのあまり言った台詞が「三十年、われわれは原発は安全だと言われてきたのに！」だそうですから。ソ連共産党の超エリート官僚だった彼にすら知らされていなかったわけです。

同じ五七年にイギリスのウィンズケール原子力発電所で事故が起きます。避難命令すら出ず、隠蔽が行われました。このウィンズケール原発事故も公表されてデータが明らかになるのは三十年後です。隠されていたわけです。ウィンズケールって今でも行っちゃいけませんよ。危険です。半世紀経っていますけど、ね。

その四年後、六一年。アメリカ海軍のＳＬ－１という軍事用試験炉で事故が起きます。これもどれくらいの事故だったのか、原因は何なのか、明らかにされていません。ただ、チェルノブイリ原発事故以前に唯一即時に死者が出た原発事故です。二人ですか、即座に死んでいる。

何度も言いますが、これは特別な知識ではありません。百科事典や通常の資料集に載っています。特別な事典は用いておりません。英語やフランス語の百科事典も一応は確認のため参照しましたが、いまお話ししたのは日本語のものからだけに限りました。だからこれは選ばれた特権的な人間だけが触れることができる特別な情報では全然ありません。誰でもアクセス可能な、敢えてこういう言い方をすれば「つまらない」事実にすぎません。少しだけ続けます。二年後の六三年、フランスのサン・ローラン・デ・ゾー原発二号機が燃料溶融を起こし、レベル4の事故となります。三年後、六六年十月十五日、アメリカ・デトロイトのエンリコ・フェルミ高速増殖炉が炉心溶融を起こします。そして七九年にスリーマイル、八六年にチェルノブイリ、ですね。八七年にゴイアニアというブラジルの地方で放射線事故が起こりますが、これは原発によるものではありません。〇八年、フランスのトリカスタン原発が放射線漏出事故を起こし、百人が被曝しています。

十年に一回は、と、繰り返しますか。うんざりしますね。実に徒労です。なぜなら、こんなに列挙しても、これがすべてであるという保証なんてどこにもないですから。どの国でも隠蔽が行われてきているわけですからね。

円城塔さんという方がいます。東大の物理学博士号をお持ちの、シャイだけれども常にユーモアに溢れた、人格も才能も素晴らしい作家さんですけれども、彼が「まあ、大丈夫よん」といかにも彼らしく飄々と言っているので、素直に現時点ではまだ大丈夫なんだなと思うことにしています。彼が「これは流石にまずい」と言ってきたら、その時身の振り方を少しは考えることにします（笑）。

その円城さんが「今陰謀があるとしたら、分かっているものを隠す陰謀ではなく、分かっていないものを把握していると言い張る種類のものであるはず」と、極めて明敏に語っているんですね。とても感銘を受けました。なぜか。東電だろうと政府だろうと、事態の全貌を把握しているつもりで、実は誰も判っている人など居ないのではないか、実際に事態の全体像を把握している人間などいないのではないか、ということがまず一つあります。しかし、それ以上のことがある。つまり、こうした原発事故の状況や情報を「隠蔽」したり「秘匿」したりする人は、そうすることによって「自分が一体何をやっているのか」が判っていないのです。一番大事なことが判っていない、把握できていない。自分だけが判っていて、パニックなり何なりを防ぐために情報を止める、と。しかし、その判断の根拠は一体何でしょう。自分が一体何をやっていて、どういう帰結を招くのか、どのような禍根を未来の人類に残すのか、彼は本当に「判っている」のでしょうか。判っていない。判っていないのに判っている、すべて把握していると思い込んでいるからこそ、そんな真似ができるわけです。こういうときに警戒しなければいけないのは「俺は何でもわかってる」と騒ぐ人です。

もうひとつ。これは簡単に。私が十五歳になるまで冷戦というものがありました。

今、世界中に核弾頭が何発あるか知っていますか。そういう話です。「機微核技術」という事まで話が及ぶと、少し尺が長くなりますから、次の機会に譲ります。幸いなことに講演会の予定が近々またありますので。ひとつだけ――広島、長崎に投下された原子爆弾の放射線はカナダにまで届いていますよね。

冷戦中、原発事故もありました。そして核実験のために被爆した人も沢山います。第五福竜丸事件のみならず、世界中にいる。また、原子力潜水艦の沈没事故というのは、何度も起きていて――もう、本題に入る前からまた列挙したのでは、皆さん疲れてしまうでしょうから、簡単に。原子力潜水艦の沈没や炉心融解は、米ソ両軍あわせて二〇回以上公表されています。公表されているものだけで、です。原潜の軍事行動というのは機密事項ですから、ほとんど公表されていないと考えていい。そのなかには三、四発の核弾頭を積んだまま沈没してしまったのもあります。当然ですが、原子力潜水艦ということはもちろん原子炉を積んでいるわけですね。それが海底に沈んでいる。今も。

さて、地震に戻りますか。一九七六年、世界最大の被災者を出したのは中国の唐山地震です。マグニチュード7・8で六十万人亡くなっています。唐山という都市自体が埋め立てられ、それ自体墓になってしまった。つい最近、〇八年にも四川大地震で八千七百人の死者が出ています。〇四年のスマトラ島沖地震はマグニチュード9・3で二十二万七千九百人が死んでいます。一九九〇年のイラン地震では三万七千人、一九九九年のトルコ大地震では一万六千人、二〇〇五年パキスタン地震では十万人死んでいます。また、二〇一〇年ハイチ地震ではマグニチュード7・0で三十万人以上が亡くなっている。これはまだ記憶に新しいところですね。

地震が起きないと言われているヨーロッパでも起きているんですよ。イタリアは有史以来よく地震が起きるところで、二十世紀のイタリアだけでも五万人くらい死者が出ています。ここからは後に繋がってくる話ですが――ポルトガルのリスボンで大地震というと、十六世紀と十八世紀にそれぞれ起きましたが、合わせて十三万人くらい死んでいます。チリとペルーというのは地震の名産地で、一九六〇年チリ地震でマグニチュード9・5、直接的な死者が千七百人で、津波は日本にも来ています。一九七〇年ペルーのアンカシュ地震ではマグニチュード7・7で六万七千人。二〇一〇年チリ地震では、マグニチュード8・8、これは四百五十二人の死者です。最近のだけ述べましたが、実はチリとペルーの地震の歴史というのはもっと遡ることができます。

有史以来、二十万人以上の死者が出た地震というのは十数回起きています。大地震は起こります。世界中でね。単にアングロサクソンが住んでいるところだけ地震が起きにくいというだけです。ちょっと目を転じれば世界中で地震が起きているわけです。実際、神戸では千年地震が起きないと言われていて、神戸市民は安心していたそうです。しかし、こう見るとなかなかに安心できるところなどないわけです。日本だけではなく、世界的に。

よろしいですか。原発事故というのは起こります。地震も起こります。起こらないということはあり得ません。われわれは未曾有の災害を生きている。The only one の事態です。しかし、それはそのまま one of them である、ということを噛み締めなくてはなりません。ご自身も阪神大震災の被災者である中井久夫さんが、only one であるという自覚と one of them であるという自覚のバランスこそが精神の健康において重要なのだと仰っています。「かけがえのない一」であるとともに、「多くのなかの一にすぎない」ということです。われわれは広く見れば被災者です。しかし、東北の直接的被災者の方々から見れば被災者ではありません。いうなれば

「後方支援」にあたらなくてはならない立場です。東北の直接的被災者の方々に対しては、彼女ら彼らの経験を the only one として取り扱わなくてはなりません。しかし、どこかで自らの苦しみは one of them である、多く起こった苦しみ、多くの惨禍の一つである、という自己自身を突き放した冷静な眼差しをわれわれは確保しておかないと、直接的被災者の the-only-one-ness をも守れなくなる。自己憐憫に浸ったり、躁状態と鬱状態を繰り返して右往左往したりということは何の役にもたたないということです。

さて、やっと前置きに入れます。

最初に、震災をめぐる言説のゲームには加わりたくないと言いました。その理由はすでに申し上げましたが、実は理由はもう一つある。たとえばジョルジュ・バタイユなどが間接的に言っていることがあります。つまり、文明をもたらす「啓蒙の光」がまさに野蛮な虐殺をもたらす「核の光」を創りだしてしまったという逆説ですね。この啓蒙主義が発展するにあたって、部分的にではあれ、ある地震の存在が動機としてあったわけです。無論、啓蒙のプロジェクトは大震災に始まり大震災に終わったのだ、などと言い放ってしまう演劇的な安易さに身を委ねることは致しませんけれども。それは自らに禁じたいと思います。

一七五五年にリスボン大地震が起こりました。これはご存じの方もおられるかと思う。私は十八世紀思想史に特段造詣が深いわけでもありませんし、もっと詳しい方がおられると思います。ですからこれから述べることも、まずは教科書を読み上げているのと同じだと思って下さっていい。

リスボン大地震は、推定マグニチュード8・7で六万人が亡くなりました。これが困ったんですね。なぜなら十一月一日、諸聖人の日という大祝日に起こってしまった。神に嘉されたお祭りの日にそんな災害が起きてしまった。十八世紀の知識人は非常に動揺するわけです。一番困ったのは神学者です。神学的にはこれはなかなか説明できないわけです。なぜ我々が、神に命を賭して仕えた聖人を祭ろうとするこの日に、神の罰を受けなければならないのか。これが全くわからない。

そこでヴォルテールなどの啓蒙思想家は痛烈に神学を批判するわけです。ライプニッツだけでは実はないのですが、彼に代表されるような考えがありました。つまり、神は善であり、慈悲深いわけであるから、可能である、ありうるすべての世界のなかで最善かつ最良のものをこの世界で実現してくださっているはずだ、と。しかし、このような惨禍を目の前にして、それがどうしても信じられなくなってしまった。ヴォルテールやルソー、そしてもう少し後のカントにいたるまで、こういうところから考え始めたといっても、あながち言い過ぎではない。ルソーが「自然に帰れ」と言ったのは、リスボンが人口密集がすぎる都市だったからだという話もあるくらいです。念のため。ごくごく厳密にいうとルソーは「自然に帰れ」と文字通りには言っていないのです。だから、これはルソーの言説ではなくて「ルソー主義的言説」なのですが……おそらく、このルソー主義的言説も、今回の震災で繰り返されるのではありますまいか。その当否は今は問いません。まあ、とはいえ、今ここでフランス語原典を読んでルソー論をやっても仕方ないですね。次に行きましょう。

ゲーテはリスボン大地震があったとき六歳で、書いているんですね。神の摂理、神の理性、神の善性が信じられなくなった、神は一体どこで何をやっているのかと、子供ながらに思った、という意味のことをね。リスボン地震は、カントが「崇高」という概念を自らの美学のなかに導入する契機となったという論者もいるくらいです。ごく個人的な考えで、美学を系統だって学んだこともない者の戯言と受け取って下さって構いませんが、私はこの崇高という概念はどうも碌でもないものだと思っています。これはある意味、特に現在においては、思考の視界を遮ることしかできない煙幕となる概念だと思います。無論、この崇高という概念を例えば、フロイトの死の欲動という概念あるいはジャック・ラカンの享楽という概念と結びつけて考えることもできますし、それはそれで脈絡がついている話です。が、ここでは深入りしないでおきましょう。ともあれ、カントは当然、初期は科学者です。ニュートンがすでに先駆者として存在しているのに、時代遅れとなった説に拘泥したりして、あまり科学者としては上等とは言えない論文が初期論文集に入っています。しかし、そのなかに地震についての論考を幾つか残している。これは現代の地震学の起源といえば言えるものです。

ここで、決定的なかたちで意義を喪失してしまったある根本的な比喩があります。それは「根拠」です。ジャック・デリダにも賛辞を寄せられているドイツのある哲学者、ベルリン大学の教授でしたか、その人がこの大震災と「根拠」の比喩について非常に明晰な論文を書いていました。しかしとても残念なことに、詳しくは準拠できないのです。というのは、私はこの論文をドイツ語版でも英語に翻訳された版でも持っていたのですが、今回の震災で本棚が倒れてどこかにいってしまったのです。何という皮肉でしょう（笑）。

この「根拠」については、ハイデガーが二十世紀において別様に、批判的に取り戻そうとしました。ハイデガーは「根拠律」という論文のなかで、まさにヴォルテールによって批判されたライプニッツを再び取り上げることによって根拠とは何かを再検討している。『夜戦と永遠』でも論じたのですが、根拠というのは、あるいは理性、土台というのはドイツ語で「グルント」といいます。Grund。英語でいうgroundです。つまり、「大地」「土地」と同じ語なんですね。足を踏む、この大地こそが根拠であり、理由であり、理性を働かせる何かであるわけです。

リスボン大地震によってこの根底的な比喩が失われてしまった、あるいは少なくとも衰退してしまった、ということになります。まさにグルントが動揺してしまったわけですからね。キリスト教において神は「理性」であり、万物の「理由」であり、「根拠」であり、「善」です。すると、世界の大地、グルントが揺り動かされるということは、世界の根拠が、この世界を司る理性であり理由が揺らいだということに他ならなくなる。この世界に棲まいうる一つの場所が、足踏む場所が、根拠（Grund）がなくなってしまったということになる。神は善であり、その神が創造したこの世界は理性的であり、善きものであり、この世界はいつか遂に神によって救済されるであろうという「根拠」が揺り動かされてしまったのです。このキリスト教的な「根拠＝大地」という概念が、大げさに言えば粉砕されてしまったわけです。

それを受けてのことでしょう、ハイデガーはこう言います。根拠律とは何か。つまりGrundの原則とは何か。こうです。「すべてのものには根拠があるはずだ。すべてのものには原因があるはずだ。すべてのものには理由があるはずだ」。何度も自分の本でこのことは繰り返しましたので、今回は簡略に行きますが、――これを認めなければどんな言説も可能ではありません。科学的言説のみならず、です。どんなに根拠や理由など必要ないと言い張る人々でも、一旦緩急あって情報が錯綜すれば、すぐに「ソースは？」と口早に言い出すものです。それはデマではないのか、きちんとした典拠が、根拠があるのか、ということです。それは「根拠が確かなのか」という問いと同じものでしょう。まさに今、そういうことが進行中なわけですから……。

すべてのものには根拠がある、はず、です。しかしハイデガーはきわめて明快に、「すべてのものには根拠があり、原因があり、理由があるはずだ」という命題自体には根拠はない、と言うんですね。根拠があるはずだという根拠律自体には根拠はない、と。さて、復習はおしまいです。やっと本題です。

ハインリヒ・フォン・クライストという十七世紀末から十八世紀初頭に生き、最後には自殺した偉大な劇作家であり小説家がいます。ぜひ読んでください。不思議と澄んでいて、恐ろしい速度感があって、残虐で、……しかもこれ見よがしなところがまるでない、素晴らしい作家です。何を読んでも面白いという人です。「聖ドミンゴ島の婚約」であるとか「聖ツェツィーリエあるいは音楽の魔力」であるとか、傑作がたくさんあります。カフカが愛読した作家だと言えば、その偉大さが伝わるでしょうか。

彼に「チリの地震」という短篇があります。もう、この小説一本だけで、幾らでもものが考えられるわけです。以下あらすじをお話ししてしまいますが、大丈夫です。偉大な小説とは、ストーリーやオチが判ったくらいで面白さが減るものではありません。逆に、佐々木の読みは甘い、こうも読めるではないか、とまた別の読みを導きだす歓びすら湧きでてくるものです。真の藝術作品とはそういうものです。ぜひ入手してお読みください。

一六四七年のチリのサンチャゴで起きた地震の話である、と冒頭に書いてあります。スペインの植民地であったチリのサンチャゴにジェローニモという若い男がいて、貴族の娘ジョゼフェの家庭教師として雇われていた。ですが、二人はいつしか愛し合って結ばれてしまいます。怒ったジョゼフェの父親は娘を修道院に入れてしまう。しかしジェローニモもそう簡単には諦められません。大胆不敵にも修道院に忍び込んで一夜を過ごし、ジョゼフェは懐妊してしまう。そしてフィリップという子供を産む。これは当時では大スキャンダルです。修道院の中で、ですからね。ジェローニモは投獄され、ジョゼフェは斬首刑に処せられることになります。ジェローニモは絶望して牢獄の中で七転八倒する。しかし死刑執行を知らせる鐘の音が鳴り響く。もう駄目か——その瞬間に地震が起きる。牢獄は瞬時に瓦礫の山になって、ジェローニモは命からがら脱出するわけです。しかし外は大混乱ですね。死体は転がっている、皆が右往左往している、流言蜚語が飛び交う。そのようなデマが流布されているなか、一人の男に「ジョゼフェが首をとばされるのを俺はこの眼ではっきり見た」と言われて、ジェローニモは愕然とするんですね。

ところがそのまま歩いていくとジョゼフェがいる。息子のフィリップと一緒に生きていて、感動的な再会を果たす。つまり処刑台自体が地震で破壊されてしまう。どころか、ジョゼフェを告発した修道院の修道長も修道女も全員死んだというわけです。二人を抑圧し断罪しようとした法も秩序も制度も、それを支えていた人々も全部消し飛んでしまった。罪が消えてしまった。

ここで一見、きわめて奇妙な描写がはじまります。「そうこうするうちに、かぐわしい香りにみちた、こよなく美しい夜の帷が、詩人にしか夢見られない銀の光に輝きつつひそやかに落ちた」というような、非常に美しい描写が続く。法や秩序が雲散霧消したあと、美しい夜が来るわけです。

そこでジェローニモとジョゼフエは、友人であり軍司令官の子供であるドン・フェルナンドに出会います。ドン・フェルナンドの奥さんはエルヴィーレ、その妹はコンスタンツェといいます。ドン・フェルナンドも妻のエルヴィーレとの間にホアンという子供がいるんですが、エルヴィーレが地震のショックのために母乳が出なくなって、ジョゼフェに分けてくれないかと頼むわけです。ジョゼフェは快諾して、彼女ら彼らと、その周りの人々の輪に加わる。すると、とてもユートピア的な、美しい助け合いの共同体みたいなものがそこに現れる。先ほどの夜の美しい描写とちょうど釣り合うような、ね。

読み上げますよ。ジェローニモとジョゼフェはこう思うんですね。「あれはただの夢だったのではないのか。どよめきのなかに投げこまれたあの衝撃からこの方、人びとは皆宥し合っている、とでもいうかのようなのだ。人びとの記憶はもうあの衝撃の瞬間までしか立ち戻れなかった」と。震災以前のことは、まるで夢まぼろしのようである。それ以前のことは思い出せず、無いことになっている。完全に断絶していて、違う世界に住んでいるようだ、と。

確かに、そこで不穏な予感の描写が差し挟まれはするし、残された修道士たちが「世界は終わりが来た」などと叫び狂っていたり、命からがら逃げてきた無実の男が残虐に首を絞められて殺されるといった描写もある。不吉なことに。しかし、それでも「人びとの地上の財がことごとく壊滅し自然がまるごと滅亡してしまいかねなかったあのおそろしい瞬間の只中にこそ、人間の精神そのものがあたかも美しい花のように花開いたかのようだった。あたかもあの共通の不幸がそこからのがれ出た人びとすべてを一つの家族としてしまったかのように。――あらゆる階層の人びとがまじりあい、同情を寄せ合い、たがいに助け合い、生命を保つよすがになりそうなものをよろこんで分かちあうさまが目撃されたのである。――そこではとてつもない素朴や大胆不敵や自己放棄、神々しい献身が見られた」。

地震によって、この世の根拠である、すなわちこの世の法の根拠でもあるものが動揺した。つまり、この世の善の根拠であり、善の根拠であるということは罪や罰の根拠でもあるグルント（根拠、大地）が揺さぶられてしまった。ゆえに秩序が消し飛ばされた。しかしそれは逆に言えば、われわれを隔てる、われわれを区別する、われわれを差別する、われわれの間に格差をもたらす秩序もまた破壊されたということでもある。ゆえにある種の甘美な自然状態、このような美しい共同体感情というものが一方では湧き上がることにもなるわけです。秩序なき、法なき、親密で献身的な共同体があらわれる。

そんななか、唯一難を逃れたドミニコ会がミサを執行する旨告知するわけです。

みなさん、ドミニコ会というとどういう印象を持たれているか判りませんが、南米では抑圧されていた現地人を保護したりする修道士もいて、いろいろ複雑な歴史的過程があった。すくなくともこの小説の登場人物たちにとっては、変な団体では全くないわけです。不安はあるけれどもみんな行く。

大司教は亡くなっています。ですから、その代理である司教座聖堂参事会員が演説を始める。どこかで聞いたような話を始めるわけです。この驚くべき災厄はサンチャゴ市、ひいてはこのチリが道徳的に頽廃して我欲にまみれて蛮行をおかしていたからであり、これは天罰である、と。繰り返しになりますが、どこかで聞いたような話ですね（笑）。これは十七世紀の話なんですけどね。

そして、この天罰をもたらしたのはジェローニモとジョゼフェである、ということになって——当然、「そこにいるぞ！」ということになります。ところが、ここで非常に奇妙な事態が起こる。

二十世紀最大の法学者の一人、カール・シュミットは、大地（Erde）あるいは大地＝根拠（Grund）を法と強く結びつけます。領土性と法、ということには深く立ち入りません。彼の『大地のノモス』などを再読してみる作業が必要になるかと思います。ですが、それを一旦措いておくとしても、われわれの理路からすると見やすい道理ですね。法は根拠なしには存在しないし、しかし法はそれ自体誰かを裁く根拠そのものでもあるわけです。法は根拠であるが、法には根拠が必要だ。ここには循環がある。

そこで、その法の根拠であり根拠という法である「大地」が動揺したわけですね。そしてまた、われわれの法律上の同一性、アイデンティティというのは法律によって保証されているわけです。法律があり、法律による制度があり、そこに登記や登録されて、たとえば「住民票」などが発行されて、われわれは法律的に「自分だ」ということを証だてることができるようになるわけです。しかし——まさにそういうものすべての「根拠」が揺さぶりをかけられて、秩序もろともに崩壊してしまった。とすると、何が起こるか。

誰が誰だかもうわからない、識別できない、自己同一性がない、ということになる。クライストはまざまざとそれを描写してみせる。「ここにいるぞ！」と絶叫が鳴り響いたときに、ジョゼフェをエスコートしていたのはフェルナンドで、フェルナンドの子供であるホアンを抱いていた。群衆は「ジェローニモはどこだ！」とジエローニモを殺そうとするんですが、フェルナンドをジェローニモだと勘違いする。誰が誰だか判らないわけですから。

フェルナンドは軍人ですからうまく応戦を続けるわけですが、ジェローニモはさすがに逃げたりはしない。「冗談じゃない。ジェローニモは俺だ。殺すなら俺を殺せ」と言って出ていくわけです。すると、フェルナンドも機転を利かせて、ジェローニモを指して「この人はジェローニモではない。この人は勇気を出して私を助けようとしているだけだ」と言うわけです。本当に誰が誰だかわからなくなっている。ジョゼフェはフィリップとホアン、つまり自分の息子とドン・フェルナンドの子供を抱いて逃げようとするわけですが、ここで衝撃的なことが起こります。「こいつがジェローニモだ」。「俺にはわかる。なぜなら俺がジェローニモの父親なのだから」という声が飛んだ次の瞬間、棍棒の一撃によってジェローニモは殺されてしまうんです。

ここを簡潔に、説明抜きで、一行で書き下しているのが――クライストは天才だと思いますね。全く説明がない。本当にこれを言ったのがジェローニモの父親だったかどうか、全然説明されていない。ばかりか、父親なんてここまで一度も出てきていない。このただその台詞を言った男がジェローニモを殺したと書いてある。当然ですね。同一性が崩壊してしまっているのですから、ジェローニモの父、と名乗る、一行で消えたこの殺人者が本当にジェローニモの父であるかもわからない。わからないままに、ジェローニモはあっさり殺されてしまう。

続いて、「ジョゼフェはどこだ」ということになる。そして、ドン・フェルナンドの奥さんの妹であるコンスタンツェがジョゼフェと間違われて、これもまた酷くあっさり殺されてしまう。なのに、次の瞬間「ちがう！　本物のジョゼフェはここにいる！」とまた群衆から声が上がって、フェルナンドは激高して剣を抜き、ジョゼフェを助けようと応戦を続ける。しかしジョゼフェもまた、自分が存在するせいで自分の友人が次々殺されかかっていることに耐えられず、自ら名乗りをあげて、棍棒で群衆に打ち殺される。フェルナンドは残ったジェローニモとジョゼフェの子であるフィリップと自分の子ホアン、この二人の子供を抱いて次々と七人を打ち倒す。しかし――ここもクライストは、もう目眩がするほど冴えていると思うのですが、突然棍棒を持った男が子どもの足を持ってぐるぐる回し、教会の柱に打ちつけて殺してしまう。一瞬殺されたのはどの子か、全く読者にはわからないわけです。

実は最後の段落までわからない。殺されたのはホアンなのか、フィリップなのか。同一性が崩壊しているということは、こういうことです。

……で、殺されたのはホアンだったんですね。フェルナンドと妻エルヴィーレは何とか逃げ出して、でもその胸に抱かれているのは自分たちの子ホアンではないフィリップです。フェルナンドは深くフィリップを抱きしめ「自分の子のような気がする」と言います。これも同一性、アイデンティティが失われているということなのですが――もうこんなことを繰り返しているのが野暮に思えてくるくらい鮮烈に、この小説はこのシーンで幕を閉じます。

鮮烈、ですね。もう、くだくだしく説明するのが馬鹿馬鹿しくなるくらいに、一撃で言えてしまっている、ということです。グルント（大地、根拠）の崩壊による法と秩序そして同一性の瓦解、による肯定的な共同性と否定的な暴力の同時出現の可能性、という事態をね。こういうことを決して馬鹿にしてはいけません。ジャック・ラカンがエドガー・アラン・ポーの小説を題材にしてシニフィアンと欲望について徹底的に考えたように、ジル・ドゥルーズがプルーストやカフカ、マゾッホの小説を論じることによって、さまざまな根源的な事象を考え抜いたように。……バルトだってフーコーだって、こういうアプローチはしているわけです。小説や文学作品からしか考えられない、こうした藝術作品から考えたほうが圧倒的に緻密に考えられるものがある。

こういうことを時代遅れの文学趣味と呼ぶのならば、坂口安吾の台詞を引用して答えましょう。「僕は文学万能だ。なぜなら、文学というものは、叱る母がなく、怒る女房がいなくとも、帰ってくると叱られる。そういう所から出発しているからである。だから、文学を信用することが出来なくなったら、人間を信用することが出来ないという考えでもある」とね。これは後で説明します。——今日の話は安吾論ですから。まだ本題じゃない。

確認しながら進みましょう。法は根拠であり、しかし根拠は法である。ここに循環があるわけです。そしてこの循環から、秩序や制度、あるいは道徳や掟といったものが派生してきて、それがわれわれがわれわれ自身である、自分が自分自身であるという自己同一性も可能になってくるわけです。だから他人と間違えて殺されたりはしなくなる、ということです。

根拠が動揺する、ということは、信じられなくなる、ということです。合理的なものであれ、たとえば美的なものであれ、根拠というものがないと信仰も成り立ちませんから。ジェローニモは「ジョゼフェが首を斬り落とされたのを見た」というデマを信じそうになりましたね。しかしそれはデマだった。そして刑の執行は止まり、法なき共同体が出現する。美しい助け合い、美しい友愛が出てくるわけです。が、共同体というのは外部を排除することによって成り立ちますから、秩序が無いときに外部の排除に歯止めがきかなくなるのは道理です。そして凄惨な暴力が振るわれることにもなる。それは表裏一体のものです。無論、それは必然ではありません。先ほど言ったラジオ番組でも申し上げたように、暴力は必然ではありません。しかし、クライストの藝術家としての鋭敏さが、ここでまざまざとそれに警鐘を鳴らしてくれている。それを聞くことによってはじめて、ということです。多くは申しません。

あえなく、われわれも震災以降、誰の言うことを信じていいのか、すっかりわからなくなってしまっている。疑心暗鬼になってしまっている。「自分は正しい」「自分は情報を持っている」と言っているあらゆる人たちの言葉が、みな政治的なポジショントークに聞こえる。あいつは原発反対派だからとか、あいつは原発推進派だからとか、あいつは政府から金を貰っているとか、東電にコネクションがあるからとか、政府の高官から聞いた話だがとか、オフレコだが、とかね。よくよく考えれば、ヨーロッパ哲学者の、欧米語でしか存在しえない比喩に乗っかった話に、あっさり引っかかってしまっている。それだけわれわれは近代というものに漬かっているということです。われわれ自身には絶対に判らないことがある。それは、自分がどれだけ近代というものに、すなわちヨーロッパというものに侵食されているのか、どこまで侵食されていないのか、です。

話を少し巻き戻します。自己同一性の崩壊というのはこういうことだ、ということを言いましたね。私が私であることを示すためにはどうしたらいいですか。IDカードや免許証を提示しなくてはならない。でもそれは変なことでしょう。私が私であることは私が一番よく知っているはずです。なのに外から貰ってきた券とかIDカードを見せないと、市役所だの警視庁の判子がついたものを見せないと、自分が自分であることを認めてもらえない。自分が自分であるという根拠は外部に求めるしかない。しかし外部にある根拠が動揺すると、誰が誰であるのかわからなくなります。それは、自分が自分であることが信じられなくなる、ということでもある。

つまり、震災前と震災後の自分が同一人物であることが信じられなくなるわけです。記憶が、歴史がなくなる。クライストも描き出していたように、以前の自分と以後の自分が切断されてしまう。

阪神淡路大震災で多く集まった証言があります。何か。仮設住宅に集まった老人たちが訪問した医師やボランティアの人々に、一生懸命アルバムを見せる。自分の、震災前の写真を見せる。そして「これが私なんです」と言う。「私はここの生まれで、これはこれこういう時の写真で、ここに写ってるこの人と私は同じ人なんです」と訴えるわけです。断絶を感じているからこそ、そうするわけです。言うまでもなく、自分が自分であるということは、自分の歴史を、自分の物語を語ることによって保証されます。自分がどこで生まれてどうやって育ってこういう苦難を乗り越えて今ここにいるという、自分の歴史を語ることによって、自分のアイデンティティは成立します。震災は、それを破壊してしまう。皆さんも今、そういう感情を持っているかもしれませんね。震災で奇妙な躁状態になったり鬱状態になったりしている人はだいたいそうです。心当たりがあると思います。

まあ、自分が自分であるということを軛《くびき》に感じている人は躁状態になるでしょう。

そして、自分が自分であることを自我肥大的に喜びに思っている人は鬱状態になる。それだけの話です。落ち着きましょう。ここにいる人たちはたぶん被災者ではない。最前線にいる人たちじゃない。躁になったり鬱になったりしている場合ではない。そんな資格はない。それだけです。

かくして地震とはグルントの動揺であり、根拠の動揺であり、そこにおいては法や秩序や信仰が崩壊し、同一性が崩壊し、クライストが驚くべき筆力で書き切ったように、無根拠で惨たらしく残虐で、非道徳で、救いがなくモラルがなく、われわれを無限に突き放す剝き出しの現実というものを露呈させるわけですね。この世に根拠があるなんて嘘かもしれない。ハイデガーが言ったとおり、すべてのものに根拠があるという命題自体には根拠がないわけですから。この世に善があり、この世に道徳があり、この世に根拠があり、この世に法があり、この世に信仰があるというのは全部嘘かもしれない。でもそういうものが露呈した瞬間、真の助け合い、共同体が生まれるが、しかし恐るべき酸鼻の可能性も生まれる。そういうことを、もうたった三十枚くらいの原稿で書き尽くしているわけですね、クライストは。

さて、やっと安吾です。本題です。このクライストが描き出してくれた「現実」を「ふるさと」と呼びかえてみると、安吾の話になる。

坂口安吾は「文学のふるさと」という非常に有名なエセーのなかでこう言っています。つまり根拠も道徳も正義も善も何もない。道徳がない。モラルがない。我々を無限に突き放してくる惨たらしい現実というものが「文学のふるさと」である、と。しかもその惨たらしい現実を「ふるさと」という懐かしい言葉で呼ぶということは、やはりクライストに通底した何かがあると私は思う。さあ、引用しましょう。

さうして、最後に、むごたらしいこと、救ひがないといふこと、それだけが、唯一の救ひなのであります。モラルがないといふこと自体がモラルであると同じやうに、救ひがないといふこと自体が救ひであります。

私は文学のふるさと、或ひは人間のふるさとを、こゝに見ます。文学はこゝから始まる——私は、さうも思ひます。

みなさん、いかにも安吾らしいとお思いでしょう。「堕落せよ」と言った人らしいね。虚妄の道徳、虚妄の善を廃し、生々しい現実を見ろと言う、いかにも安吾らしい安吾です。たしかにある程度まではそのとおりです。ある程度までは、確かに安吾はそう言ってる。でも――この程度の事だったら誰でも言えるでしょう。あらためて読む必要はない。その辺のませた中学生でも言えることでね。

今読み上げた「最後に、むごたらしいこと、救ひがないといふこと、それだけが、唯一の救ひなのであります。モラルがないといふこと自体がモラルであると同じやうに、救ひがないといふこと自体が救ひであります。私は文学のふるさと、或ひは人間のふるさとを、こゝに見ます。」という箇所は、いろいろな安吾論で引用されています。しかし、なぜかここで引用を止めてしまう。私が読んだ安吾論は全部そうでした。無論すべての安吾論を読んでいるわけではないですけれどもね。しかし、次の一行こそが一番重要だと私は思う。そこで止めてはいけない。その一行を含めて読みますよ。

さうして、最後に、むごたらしいこと、救ひがないといふこと、それだけが、唯一の救ひなのであります。モラルがないといふこと自体がモラルであると同じやうに、救ひがないといふこと自体が救ひであります。

私は文学のふるさと、或ひは人間のふるさとを、こゝに見ます。文学はこゝから始まる——私は、さうも思ひます。

アモラルな、この突き放した物語だけが文学だといふのではありません。否、私はむしろ、このやうな物語を、それほど高く評価しません。なぜなら、ふるさとは我々のゆりかごではあるけれども、大人の仕事は、決してふるさとへ帰ることではないから。（強調筆者）。


……どういうことでしょうか。奇妙な反転がここにある。

安吾はこのエセーで、まず無根拠な、残虐な、むごたらしい、剝き出しの現実を直視しなければならないと言うんですね。しかしここで、そこに帰るのは大人のやることでは決してない、と言っている。現にそう書いてある。一体どういうことか。「堕落論」という、坂口安吾といえばこれと言われる、とても有名なエセーがあります。「堕落せよ、堕落せよ」と言っているわけですね。しかし、このエセーは、人が思っているようには単純な話ではないのかもしれない。否、ものすごく難しい、難解なエセーです。

ふつうの、常識的な読み方ならば、「堕落論」は次のように言っているということになります。つまり、戦後それが全くの虚構であることが露呈した、虚妄の道徳、虚妄の善とか正義とかから「堕落」せよ、と言っている。虚妄の正義や善や道徳を否定して生々しい現実に帰ること、それが堕落するということである――そういうふうに読まれてきましたよね。だから無頼派というわけです。頼るものがない派、なわけですから根拠がないわけですね。

たしかに、安吾自身が例にあげているように、天皇陛下のために美しく玉のように砕け散らんとした特攻隊員は、食うに困って戦後、闇屋になって軍事物資を横流しして金儲けをする。そのあさましい現実を堕落と呼ぶなら堕落すればよい。その通りですね。これは本当らしいのですが、戦争中の小説家って、戦争未亡人が不倫するとかいう内容の小説を書いちゃいけなかった。つまり「節婦は二夫に見えず」というわけです。でも戦争で夫を亡くした未亡人だって、再婚するわけです。変な処女信仰なんて碌でも無いわけです。安吾はきちんと、戦争未亡人だって新しい面影を胸に映すであろう。特攻隊は闇屋になるんだ、天皇陛下のために死ぬなんてフザケてる、そういうことはちゃんと書くんです。

たしかにそれはそれでいい。戦中の道徳性、何やら怪しげな武士道であってもいい、天皇制でもいい、処女性の擁護でもいい。そういう権威主義的な道徳性というものを安吾はここで批判している。そしてアモラルな、非道徳的な、われわれのありのままの生存、生きることそのものを、剝き出しの現実を肯定しているように見える。たしかにそう見える。

でも――戦争中って道徳的でしたか。本当にそうでしたか。人を殺してますよね。人が殺されてますね。おかしいですよね。これは私が勝手に言ってるのではない。安吾自身が言っていることです。戦争の美しさということを言っている。

東京大空襲を筆頭として、彼が遭遇した残虐な戦争、破壊があったわけです。途方もなく無惨な大量死があった。そして、安吾は書いている。つまり、その凄惨な運命を、そしてその運命に従順であった人びとが奇妙に助け合って、明日をも知れぬ我が身ながら共に助けあって生きている様を、「美しい」と言ってしまっている。偉大な破壊も、それに晒された人間たちも美しかったと安吾は当の「堕落論」のなかで言っている。

ゆっくり行きましょう。読み上げますよ。「あの偉大な破壊の下では、運命はあったが、堕落はなかった」。そこまではわかる。しかしこの文章はこう続くのです。「猛火をくぐって逃げのびてきた人達は、燃えかけている家のそばに群がって寒さの煖をとっており、同じ火に必死に消火につとめている人々から一尺離れているだけで全然別の世界にいるのであった」。

……先ほどから、少しずつ何かが合致しています。われわれが語ってきた災害、震災、地震、虐殺、共同体、戦争、……何か、平仄《ひょうそく》が合いつつありますね。安吾も言っています。戦争という非常事態において、彼独特の言い方で「人間がいない」ようなある種の共同体が現れた、という意味のことをね。

しかし、安吾によれば、戦争中は堕落してなかったということになります。道徳があったということになります。しかし、いまの安吾の引用をもう一回嚙み締めてみてください。これは非道徳ではないですか。人の家が燃えている。それを平気で暖をとっている。その直前で、彼はそういう光景を見るのが楽しかったと言っている。破壊の光景が美しかったと言っている。これは矛盾でしょうか。安吾はここで混乱しているのか。まったく辻褄が合わないことを感情のまま書き殴っているだけなのか。そうではない。そうではありえない。

もちろん戦争中の道徳なんて、それ自体が非道徳的なものです。端的に多くの人が死に、多くの人が殺された。愚かなイデオロギーによってね。そんなのが善であり正義であり理性であり根拠があるものであろうはずがない。当然です。

しかし、ここで奇妙なことにもなってくる。安吾が言う「堕落せよ」というのは「道徳性」から「非道徳性」へ移行せよ、という意味だと思われていた。でもよく考えてみると、その「戦争中の道徳性」というのは「非道徳性」なわけです。戦争中のほうがよっぽど道徳がなかったわけですから。すると、「堕落せよ」という命令は「非道徳性から非道徳性へ移行せよ」という意味になってしまう。意味がなくなってしまう。「堕落せよ」というのは無意味な命令なのか。違う。違うとしたら、一体これはどういう意味なのか。……実は、安吾はここで一番ニーチェに接近しているのです。が、それはまず措いておきます。進みましょう。

安吾はここで、すごく矛盾している。矛盾しているが、しかし圧倒的に正しいことを言っている。読み上げますよ。

偉大な破壊、その驚くべき愛情。偉大な運命、その驚くべき愛情。それに比べれば、敗戦の表情はただの堕落にすぎない。

……「堕落せよ」と言ってなかったか。戦中が堕落していないから戦後は堕落せよと言っていなかったか。しかし、ここでは「敗戦の表情はただの堕落にすぎない」と現に言っている。先ほど引用した部分の直後ですよ。あたかも偉大な破壊のほうが素晴らしいものだったかのように。いいですか、これは「堕落論」ですよ。同じエセーなんです。同じ文章のなかでまったく逆のことを言っている。そして次の行でこんなことを言い出す。

だが、堕落ということの驚くべき平凡さや平凡な当然さに比べると、あのすさまじい偉大な破壊の愛情や運命に従順な人間達の美しさも、泡沫のような虚しい幻影にすぎないという気持がする。

待ってくれ。そう言いたくもなるでしょう。どっちですか。「堕落せよ」と言いながら、戦後の平凡な人生よりもあの凶暴な破壊と、そのもとで生きていた人間たちは美しかったと言う。しかしその次の行で、その不逞にみっともなく生き延びる平凡な堕落の当然さに比べると、戦争の偉大な愛情、偉大な破壊など大したものではない、と言い放つ。安吾は混乱しているのか。非論理的か。支離滅裂か。違う。断乎として違う。彼はちゃんとわかっている。「非道徳性から非道徳性への移行」が「堕落」であるということは彼はわかっている。ちゃんと証拠は出します。続けましょう。読みます。

戦争で負けたから堕ちるのではないのだ。人間だから堕ちるのであり、生きているから堕ちるだけだ。だが人間は永遠に堕ちぬくことはできないだろう。なぜなら人間の心は苦難に対して鋼鉄の如くでは有り得ない。人間は可憐であり脆弱であり、それ故愚かなものであるが、堕ちぬくためには弱すぎる。

また不思議な言葉が入ってきましたね。これによると、堕落は「難しいこと」なんですね。偉大な破壊。東京大空襲って一日に十万人が死んでいる。それよりも堕落のほうがつらい事なんですね。普通に平々凡々と生き延びることのほうがつらいことだ、と。「堕落」とは何か、此処に来てまたわからなくなった。これは、一体何を意味しているのか。

「続堕落論」に移ります。もっとはっきり言っている。引用しますよ。

> 堕落自体は常につまらぬものであり、悪であるにすぎないけれども、堕落のもつ性格の一つには孤独という偉大なる人間の実相が厳として存している。

堕落ってつまらないものだったんです。そう書いてある。「非道徳性から非道徳性に移る」事になるから、堕落というものに意味はなくなると言いましたね。そう、安吾自身が堕落ということはくだらない、意味のないことだと言っているわけです。どういうことでしょうか。

何度でも執拗に問おう。堕落とは何か。おそらく、今のわれわれにも必要な堕落とは、「堕落せよ」という命令とは、一体何なのか。もちろん彼はこう言っている。つまり、天皇制、武士道、処女性、何でもいい、そういうものにわれわれは浸っていた。しかしそれを捨てたって、自分自身の天皇制や処女性、自分自身の道徳性というもの、自らが信じる法と掟と根拠を見いだすためにこそ、堕ちきらなくてはいけない、と。安吾いわく、「自分自身の処女を刺殺し、自分自身の武士道、自分自身の天皇をあみだすためには、人は正しく堕ちる道を堕ちきることが必要なのだ」。しかし、食い下がりましょう。まだわからない。まだこれでは納得できない。たった数十枚のテクストです。なのに、こうして、どんどん読み進められるんですよ。いつまでも読んでいられるのです。安吾のテクストは。だから安吾は偉大なのです。圧倒的です。何度もいいますが、一回読んでわかる本なんて大した代物じゃない。

「堕落せよ」ということは、まず「非道徳性から非道徳性への移行」です。しかし、それだけではなく、「別の道徳性を導き出すために非道徳性から非道徳性へ移ること」でなければならない。安吾はそう言っている。難解でしょう。よくわからないね。読み上げましょう。

私は日本は堕落せよと叫んでいるが、実際の意味はあべこべであり、現在の日本が、そして日本的思考が、現に大いなる堕落に沈淪しているのであって、我々はかかる封建遺性のカラクリにみちた「健全なる道義」から転落し、裸となって真実の大地へ降り立たなければならない。我々は「健全なる道義」から堕落することによって、真実の人間へ復帰しなければならない。(強調筆者)

符合してしまいましたね。「堕落せよ」というのは、無意味な「非道徳性から非道徳性への移行」だけではない。新しい道徳を打ち立てるためには、道徳には根拠がないということをまず直視しなくてはならない。それを指して堕落と言っている。いいですか。「裸となって真実の大地へ降り立たなければならない」。古い大地が粉砕されてしまった。ならば新しい大地を創らなくてはならない。

先ほど、ニーチェに似ていると言いましたね。ニーチェはツァラトゥストラにこう言わせています。イエスが、お前たちは赤ん坊のように純粋でなければ天の国には行けない、と言ったのに反抗してツァラトゥストラはこう言う。

たしかに赤子のように清らかにならなければ、お前たちはあの天国には行けない。だが、われわれはもうそんなものは必要としなくなったのだ。われわれは大人になったのだ。だからわれわれは地上の国を求めよう。

あの本はどういう台詞で始まっていましたか。思い出しましょう、「超人は大地の意義である」と始まっていた。「堕落せよ」という定言命令は何を意味するか。それ自体が無根拠な根拠、それ自体が非道徳的な道徳を脱却して彼方へ行け、ということ、そしてやはりそれもまた無根拠であり非道徳的なものなのかもしれないが、それでも新しい根拠、新しい大地を創り出せ、ということを意味する。彼方へ離脱する――いや、離脱ではない。さっき言ったとおり、これはまずは「非道徳的なものから非道徳的なものへの移行」なのですから、どこに行ったことにもならないわけです。逃げ場はない、脱出はない、出口はないし、離脱はない。どこにも逃げられない。ではどうするのか。今ここで砕かれてしまった大地＝根拠を新しく作ることではないのか。いかなるそれが汚されてしまったとしても。生きうる根拠を新しく見出すために、この大地にひとつの場処を。

安吾は何故文学万能と言ったのか。思い出しましょう。そうでしたね。「文学というものは、叱る母がなく、怒る女房がいなくとも、帰ってくると叱られる」。そうです、文学には帰るところがない。おそらく、逃げるところもないのでしょう。それが文学です。

堕落とは何か。すべての巨大な破壊、すべての膨大な死、すべての根拠の粉砕のあとで、すべての道徳が虚妄であることが暴露され、すべてが信じられなくなったあとで、それらが無根拠であることが底の底まで知れてしまったあとで、これからわれわれが創り出すものもまた無根拠であり非道徳的であり何物にもならずにいつかまた無惨に打ち砕かれるものであったとしても、――それをまた創り直さなければならないということです。

堕落せよ、堕落せよ、そして文学こそが、堕落の条件なのです。

もう、時間ですね。いくつか引用しましょう。「日本文化私観」です。

京都や奈良の古い寺がみんな焼けても、日本の伝統は微動もしない。日本の建築すら、微動もしない。必要ならば、新らたに造ればいいのである。バラックで、結構だ。

そういうことです。もうひとつ。「不良少年とキリスト」という太宰治の追悼文です。そういえば、彼は原爆投下から程なくして長崎を訪問していましたね。彼の出身地は新潟市内で、柏崎刈羽原発からたしか電車で九十分もかからなかったと思います。先ほど言った、機微核技術ということに触れないと原子力の平和的利用ということは実は虚妄であるということがお判り頂けなくて、そうするとなかなか以下の引用を今どう読み替えることができるかが曖昧になってしまって――うん、まあ、今日はもういいでしょう。どうも私の言葉では偉大な安吾の言葉にけりをつけることはできないので、最後にこれを客席のみなさんに野放図に投じて、どう読み替えていかれるかはお任せします。行きます。

原子バクダンを発見するのは、学問じゃないのです。子供の遊びです。これをコントロールし、適度に利用し、戦争などせず、平和な秩序を考え、そういう限度を発見するのが、学問なんです。

自殺は、学問じゃないよ。子供の遊びです。はじめから、まず、限度を知っていることが、必要なのだ。

私はこの戦争のおかげで、原子バクダンは学問じゃない、子供の遊びは学問じゃない、戦争も学問じゃない、ということを教えられた。大ゲサなものを、買いかぶっていたのだ。

学問は、限度の発見だ。私は、そのために戦う。

われわれは、もう大人なのでしたね。ふるさとに帰ることは、われわれの仕事ではないのでしたね。われわれは、地上の国を求めなくてはならないのでしたね。

……以上です。ご静聴、本当にありがとうございました。

（二〇一一年四月一五日　紀伊國屋サザンシアター・第八一回紀伊國屋サザンセミナー）

屈辱ではなく恥辱を——革命と民主制について
——二〇一一年四月二八日、地下大学での発言

今回の事態の推移を鑑みるに、こう考えざるを得ません。すなわち、一九八一年にイラン・イスラーム共和国が成立した時にミシェル・フーコーが言ったようには「イスラームを革命の力として生きること」は、もうできないだろう、と。彼がイラン革命に際会して示した動揺とそして思考の精一杯の誠実さを思い出すたびに、何か沈痛とすらいっていい思いに囚われてしまう、けれども。

フランスでまさに今日（二〇一一年四月二八日）発売になる本があります。フェティ・ベンスラマの手になる『突如、革命が』（Fethi Benslama, *Soudain, la révolution! ——De la Tunisie au monde arabe: la signification d'un soulèvement*, Paris,

Éditions Denoël, 2011）という本です。彼はチュニジア出身のムスリムで、ピエール・ルジャンドルに私淑する精神分析家でね。出版前にPDFで読ませて貰ったのだけれど。そこにも証言として出ているのですが、やはり彼らは怒ってるんですね。まず、今回のチュニジアでの革命を「ジャスミン革命」と呼ぶこと自体に。デモに参加した人々は二百数十名殺されている。にもかかわらず、あれは無血革命と呼びうる。どういうことか。つまり、一方的にデモに参加した人々が狙撃隊に撃たれて殺された。それでもデモ隊の方は暴力を振るわなかったということです。

そのような革命に、欧米メディアは一方的に「ジャスミン革命」という名称を押し付けた。つまり、非常に穏健かつ飼いならされた印象をこの蜂起に与えようとしている。当然、チュニジア人は快く思っていない。ですから、今日われわれは、今回の事態を一貫して「チュニジア革命」と呼ぶことにしましょう。

話をもとに戻します。少なくとも現段階においては、これは八一年のイラン・イスラーム革命とは違う事態です。今回は、ヨーロッパ対イスラームという構図が通用しない。少なくともいわゆる「イスラーム急進主義」、日本では「イスラーム原理主義」と呼んだほうが通りがいい何ものかの名における革命ではない。参加者の多くはムスリムですが、世俗的なムスリムです。ヨーロッパ対イスラームというある意味通俗的な対立の構図ではこの事態を測ることはできない。あるいは欧米的価値観対非欧米的価値観という対立の構図には収まらない。また世俗化ヨーロッパと宗教的イスラームという対立軸も成立しない。ゆえに、ある意味では、革命的潜勢力を――以上のような単純化された構図の枠内の意味において――「非ヨーロッパ」に求めるという態度も通用しない。

単純な事実を指摘することからはじめましょう。チュニジアのベン・アリーもエジプトのムバラクも、国内に新自由主義を注入した政治家です。チュニジアもエジプトも、日本もそうであるように、過去数十年にわたって新自由主義の実験場だったわけです。当然、中産階級は没落し、貧困層は広がります。日本は若年層が少ないけれども、この二国をはじめとしてアラブ諸国は若年層が多い。六割から七割を占めます。その若い人たちが、貧困に突き落とされていくわけです。学歴があっても、大卒であってもです。そこで、チュニジアにムハンマド・ブアジジという二十六歳の男がいた。大学を出たのに、職がない。仕方がないから広場で野菜を売ろうと思ったら、警官に暴行されて商品を没収され、抗議のために焼身自殺をした。シンナーかガソリンかわからない、のですが頭からそれを浴びて自らを灼いた。焼身自殺というのはなかなか死ねない。そのあと、二週間くらい生きていたのでしたか……。でも結局死んでしまう。そのあと「我々はムハンマド・ブアジジである」という言説がみるみるうちに広まり、革命の力になったわけです。

ブアジジが死んだとき、みな三々五々蠟燭《ろうそく》を手に集まってきた。彼を弔うために。火を灯して、それを夜の広場に並べた。しかし、そこに愚かなイスラーム原理主義者たちがやって来て、無惨にその弔いと灯火たちを踏みつぶして回ったわけです。なぜか。ブアジジは自殺した。一神教では自殺は禁忌です。なおかつ、それを「蠟燭」という物質によって弔うのは、広義の偶像崇拝になる。だから蹴散らしにやってきた。こういう硬直的な原理主義の赦し難さというものは、著作で丁寧に理論立てて批判したことがあるので、繰り返しません。が、ブアジジを弔う灯を踏みにじって何ら痛痒も感じぬ彼らが、明らかにおかしい、何かを欠落させた人間たちであるということは、理屈を述べたてなくてもお判りでしょう。

チュニジアは原理主義の力が相対的に弱い国です。だから、そういう連中は少数派にすぎない。やろうと思えば力で排除できる。しかし、ある女性ブロガーが毅然としてこう呼びかけた。彼らに暴力を振るうことを、ムハンマド・ブアジジが望むか。望まない。いいじゃないか。勝手にやらせておけばいい。勝手に踏みにじらせておけばいい。われわれは、他の場所に何度でも弔いの蠟燭を立て直せばいい、と。

だから、当然これはイスラーム急進主義の勃興ということではない。単純に、欧米対イスラームという話ではない。かといって、「欧米化」した若者の蜂起だというわけでもありません。こうした若者たちがムスリムでないわけではないのですから。無論、キリスト教的価値観を客観的・中立的・科学的と称して世界中に押し付けて反省のそぶりも見せぬ欧米の姿勢には何度でも批判的な眼差しが注がれねばなりません。しかし、ここではむしろ、「イスラーム急進主義」と「世俗的なイスラーム」の隔たりがあらわになっている。イスラームへの原理主義的な回帰が望まれているのではない。ここにかつてフーコーが希望を託したイラン・イスラーム革命と現在のアラブ革命というものの圧倒的な違いがある。

いや……いま迂闊にも「アラブ革命」と呼んでしまいましたね。しかし、この呼び方も正確ではありません。イスラーム急進主義による革命ではないことは確かです。しかし、今回関与しているのはアラブ人だけではないのですから。宗教においても、エジプトだったらコプト教徒や他のキリスト教徒もいる、多神教徒もいます。また、いわゆる「アラブ人」だけではなくて様々な人種がいる。特に上エジプトではそうです。

ではナショナリズムの勃興かというと、そうでもない。どの国のナショナリズムもそうですが、エジプト・ナショナリズムにもさまざまな錯綜した系譜がある。一例のみあげれば、二〇世紀のエジプト知識人による「ファラオニズム」というものがある。これはアラブ・イスラームを越えて古代エジプトに回帰しようという性格を持っています。これがいま復興しているとは、手元の新聞記事などからすると考えられない。かといって、事態が起きてすぐ「あれはイスラーム同胞団だ」なんて言っていたアメリカのジャーナリストがいましたが、それも違っていましたね。彼らは、どうも自分たちが望まれていないことをいち早く勘づいていた。身を引いている。だからこそ次の総選挙があるときに逆にイスラーム同胞団が行くだろうと言われている。まあ、これからどうなるかはわかりません。こういうことには常に軍部の問題が付きまといますからね。

ただ、エジプト革命は明らかに反イスラエル的性格を持っている。公然とやらないのがうまいと思うんだけども。ご存じの通り、エジプトのムバラク政権はガザ地区の南部国境を封鎖することによってイスラエルの対パレスチナ政策に協力していた。ムバラクはパレスチナのあの状況に賛意を示していた。これは、エジプト人に何を意味するか。イスラエルは野蛮なる中東世界のなかで唯一の民主主義国家であり、ヨーロッパ的価値観を背負っている「民主主義の防波堤」である、がゆえに欧米はイスラエルを援助するべきだ——という、下劣な言説が欧米メディアで散布されている。この言説に、自分たちエジプト人も賛意を示しているということを意味する。示すことを強制されているということを意味する。これは——後に詳しく説明しますが——純然たる「恥辱」であり、今回の事態は、この負わされた恥辱に対する反抗でもあるわけです。

チュニジアもエジプトも非常におもしろいですね。彼らは最初から「反米」とは言わなかった。でもやっていることは明白にアメリカの政策に敵対している。しかし公然と「反米」と言ってしまったら何が起こるか、おわかりでしょう。誰か「リーダー」などと称する者の指示もなく、どこかの政党の指導もなく、同時多発的な出来事や抗議行動の連鎖が、偶然に極めて政治的に巧緻な、高度な戦略となっている。おそらく、こうしたことが真の「戦略」と呼びうるのだと思います。

重要なのは、イスラーム対ヨーロッパだの、ナショナリズムの勃興だの、そういったわかりやすい図式に回収された時点でこの革命は死ぬということです。名づけようがないもの、これまで名がなかったものの蜂起だからこそ、「革命」としか呼びようのないプロセスが進んでいる。何が蜂起しているのかわからない。反動的イスラームではない。では西洋的価値観を持った先進的な若者たちがフェイスブックなどを使って云々、でも必ずしもない。欧米のブルジョアは、あれは金持ちの学生連中がやったことだといいますが、嘘八百でね。では貧困層の多い上エジプトでもデモが多発したことをどう説明するのか。

だから、何が起こっているか、安易な説明を求めてはならないと思う。説明できたら、革命は終わったということですから。

フーコーがイラン・イスラーム革命のときに何と言ったか。彼は知識人と言われることを嫌っていた。万能の、何でも説明できる知識人と呼ばれることを。けれども、その時はあえて、自分は知識人だ、今、私がそうじゃないなんて言ったらお笑い草だと言ったのでした。そして、知識人の役目とは、ある特異性――ほかに名づけようもない、ほかに比べようがない独特の何か――が蜂起した時には、断固としてそちらに味方することだと語った。フーコーがそう語った時とは状況は違え、しかしこの明察はいまだ通用する。むろん、特異性というのは、レッテル貼りにそぐわないものです。説明できないものが突然蜂起している、それ自体が革命なのであって、お手軽な解説に回収される程度のことなら革命ではない。当のチュニジア人、エジプト人ですら、こうなるなど予想していなかったのですから。決して、後出しで上から目線で得々と説明してみせて、こうなることは判っていた、などという人間の言うことに耳を傾けてはならない。それは正確な意味で「反革命」です。

どうしてもその話になると……話題がどうしても前後してしまいますが。僕は新聞とかほとんど読まないし、今回の事件について、専門的な知識は何も持っていません。三月十一日から、いやそのもっと前からずっと勉強なさっていて、僕より詳しい人なんてたくさんいると思う。ですから、間違っていたらここにいるどなたでも自由に発言して、訂正して頂きたいと思います。

まず、基本的なことがらを確認します。六ヶ所核燃料再処理工場というものが青森にありますね。全国の原子力発電所から使用済み核燃料を回収して、再びそのなかからウランとプルトニウムを取り出すための工場です。あれは、何のためにあるのかご存じでしょうか。核兵器ですね。核兵器を開発する権益を日本という国が保持するためにある。核兵器を製造するための技術を機微核技術といいますが、核兵器保有国以外でこの機微核技術をすべて保有しているのはこの国だけです。この技術は、ウラン濃縮、核燃料再処理、そして高速増殖炉などから成り立っています。つまり、高速増殖炉もんじゅも核兵器を製造するために存在しているわけです。もんじゅが一九九五年ナトリウム漏洩火災事故から何度も大変な事故を繰り返していることは、ご存じでしょう。

これは原子力の平和的利用がいつのまにかねじ曲げられて、ということではありません。一九五四年、中曽根康弘・当時改進党議員らの予算提出を皮切りに、五五年末までに日本の原子力体制の基盤が創設され、五六年からその体制は起動しました。これを「日本機微核技術の五五年体制」と仮に呼びますが、この体制ははじめから国家安全保障のために核技術を国家政策として保有するということを克明に前提としています。

よろしいでしょうか。日本の原子力発電は、事のはじめから、いつでも核武装を行いうる力を保持しておくために創られたものなのです。原子力の平和的利用という題目は、虚妄です。

さて……無論、いろいろ議論はあるわけです。憲法第九条に照らして、「戦力」を保持することは認められていないが、「戦力」に該当しない核兵器というのがあるのではないか、戦略核ならともかく戦術核は戦力に該当しないから持ってもいいのではないか、というような国会答弁や国会議員の発言はそれからずっとずっと存在している。……だが、こんなものは。どんなくだらない詭弁なんだという話です。戦力に該当しない核兵器？　そんなもの存在するわけがない。こんなことが赦されるわけがない。やっぱりこれはおかしいわけでしょう。核兵器を作れる技術をなぜ保持する必要があるのか。この国で、われわれの税金を使って、われわれの一員たちである原発労働者の命を犠牲にして。一体、ここに法的な正統性があるか。無い。五五年体制は終わっておらず、これは粉砕されねばならない。

原発はインフラストラクチャ・コストが高くて、火力や水力に比べても全然効率が良くない、などという以前の問題です。ここは、くだくだしい議論は全部飛ばして、野放図にこう言い放たなくてはならない。憲法違反だ、主権者たる民衆に対する造反だ、と。単純に法律的におかしいでしょう。このなかで原発推進派の人がいても、ここまでは大丈夫ですよね。原発推進派のみなさんは、原子力の平和利用を、エネルギー源としての原発を肯定しているわけでしょう。それとも、核兵器が欲しいですか。残念ですが、それは憲法上、無理なんです。

明らかにこの国には核武装したいという人たちがいるわけですね。だから原発体制を維持しようとしているわけでしょう。よろしい、ならばそういう人たちは、真正面から憲法を変えねばならない筈だ。搦め手から及び腰でこそこそどうにかしようとするのではなくてね。いいですか、素朴に聞きますよ。

あなたたちは、核兵器が欲しいですか？

そういう問題なんです。これは。

ある人が最近、原発推進か原発反対か国民投票しようと言ったらしい。でも日本国憲法では、国民投票は憲法を改正するときだけ予定されています。それ以外の事案は対象外です。そこをあえて言っているわけでしょうけれども。でももっと先に議論すべきことがある。日本は核武装するべきか否かをまず国民投票しなくてはならない。でも、ということは、憲法九条を改正するべきか否かを国民投票しなくてはならないということになる。結局はそこに帰着する。

では、国民投票すればいい。そうでしょう。単純に、簡単に考えれば、そういうことになります。自民党も民主党も、そこから逃げ回っているだけだ。核武装するか、しないか。それで国民投票をしたら「核武装する」に投票する人は相当少ないのではないですか。原発一つを廃炉にするだけで何年かかるかも判らなくて大騒ぎなのに、核弾頭を作って、核弾頭をつくるために必要な原発や増殖炉をまた作って、それも全部いつかは老巧化するんです。廃棄しなくてはならない時が来るんですよ。アメリカも、老朽化して危険な核弾頭を取替えなくてはならなくて、数十年かけてやろうとしている。でも、廃棄するって、一体どうやってやるんですか。どこに廃棄するのですか。

軍事機密に属することですから、ほとんど公開されていないけれども、原潜事故というのも数年に一度くらいは起きていて。資料なんて読むと「米ソ原潜が衝突事故、詳細不明、おそらく沈没」とか一行で済ませられている。けれども、核弾頭だって原子炉だって積んでいるわけでしょう。沈没したそれらはどこに行ったのか。そもそも、旧式化した原潜用の原子炉を海に捨ててますからね。彼ら。陸上の核兵器事故も軍事機密だから知られていないけれど、幾度もあるわけです。日本海に捨てられたものもある。アメリカとソ連で何百回も行われた核実験で、被曝した犠牲者も世界各国にいる。また、そもそも日本が自前で核武装しようと思ったら、少なくともその準備として最低でも数回は核実験をしなくてはならないんですよ。どこでやるんですか。機微核技術を持ちたい、つまり核武装したい人々は、そこまで考えてやっているのか。……結局、原子力（nuclear power）だって核兵器（nuclear weapon）だって全然コントロールできていないわけです。

ともあれ、五五年に核武装を目指していたということは事実です。喉元過ぎれば、というか、まあ呆れてしまいますね。坂口安吾がこう言っています。

自分が国防のない国へ攻めこんだあげくに負けて無腰にされながら、今や国防と軍隊の必要を説き、どこかに攻め込んでくる兇悪犯人が居るような云い方はヨタモンのチンピラどもの言いぐさに似てるな。ブタ箱から出てきた足でさっそくドスをのむ奴の云いぐさだ。

これ、一九五二年のエッセイですからね。三年後、そのヨタモンのチンピラどもがのんだドスがいまこういう有り様を引き起こしているわけです。これが「日本の民主化」だったわけでしょう。アメリカから見れば、今の言い方で言えば、ね。

ここで重要なことが二つ出てきます。エジプトやアラブで起こっていることは、「民主化」だといわれますが、この「民主化」というのも欧米のレッテル貼りでね。そういう言葉で判った気になってはならない。結局彼らが言う「民主化」の意味は、欧米人が「野蛮な奴らがわれわれに近くなってきた」と増上慢にも言っているに過ぎないわけです。

そういった自堕落な「民主化」や「民主主義」の定義とは全く違った水準でものを考え直してみなくてはなりません。こうです。民主制というのは、一つの大きな謎であり、あり、あり続けている。民主制は、エジプトの植民地だったギリシャに生まれた。もともとアフリカ・アジア文化の派生物なわけです。マーティン・バナールが言うように、アテネとスパルタなどの違いはあれ、どちらにしろギリシャはエジプトに植民地化されることによって、そしてまたそこに抵抗することによって、文化を育んできた。そこで、民主制という理念が案出された。デモクラティア、すなわちデモス（民衆）によるクラティア（支配）ですね。しかし、民主制とは何でしょう。何をどのようにしたら、「デモスの支配」が成立していることになるのでしょうか。何が行われれば。選挙をやること？　議会をひらくこと？　憲法を制定すること？　デモをすること？　――実は、民主制の唯一の定義というものは存在しない。歴史上、定義されたためしがないんです。

アリストテレスが言っている通り、代議制すなわち「代表」による支配制度というのはアリストクラシーが採用した統治法です。アリストクラシーとは「貴族制」と訳されますが実質上は「金持ちの支配」である。プラトンの『国家』においても、アリストクラシーにおいては貧民ばかり見る、という文言がある通りです。もとを辿れば民主制独自のものとは言えない。選挙もそうです。ご存じの通り、中世ヨーロッパでは選挙王制、つまり諸侯が投票で皇帝を選出している。中世ヨーロッパに限らず、選挙で主権者を、あるいは「代表者」を選出するという手続きは、他の文化にもさまざまな形式において見られる。決して民主制の本質とは呼べない。では「多数決の原理」はどうでしょう。勿論、さまざまな細かい歴史的事象を考証せねばなりませんけれども、一つローマ教皇選出選挙、すなわち「コンクラーヴェ」が決定的な形で組み入れた制度的装置だということは言えます。いまでも、多数決原理に基づいて「決選投票」に持込み、「党首」や「元首」を選ぶという手続きが行われていますが、これはコンクラーヴェに由来する、すくなくともコンクラーヴェによって普及したとは言える。ローマ教皇庁のどこが「民主制」なのでしょうか。では、民主制とは何か。何が民主制の本質なのか。憲法を制定し、王権を制限し、議会を設置して議論によって政治を行うことでしょうか。それは正確に言えば「立憲制」の制度的テクノロジーであって、王制あるいは帝制と両立可能です。民主制にだけあるものではない。

食い下がりましょう。何が民主制なのか。三権分立、すなわち「権力の分立の原理」でしょうか。もともとこれは中世の「混合王政・混合政体」と呼ばれる政治制度と結びついた中世政治理論から、中世主義者たるモンテスキューが取り出してきたものです。そしてそれは単なる歴史的偶然によってアメリカ合衆国憲法に全面的に「接収」されただけで、やはり民主制の本質ではない。抵抗権や革命権、でしょうか。残念ながら、トマス・アクィナスの『神学大全』にその根拠として政治学史上論じられる表現があるように、これも中世政治神学理論においてすでに精緻化されていた。また、指摘しておかなくてはならないのは、アテネ直接民主制は決して賄賂や派閥争い、門閥争いから自由ではなかったということです。アテネでは公職に就く者は抽選で選ばれていましたが、これには例外があって、それは「将軍」です。つまり、軍事だけはアテネ民主制の埒外にあった。近代ではある時期から、クーデタや体制転覆はつねに「軍部」あるいはそれと結びついた集団しか起こしえないものになりました。「文民統制」という問題を越えて、果たして「軍隊」と「民主制」の関係をどう捉えるかということは、これはあらためて考え直すべき大問題なんですね。民主的軍隊は可能か、果たして軍と民主制は両立可能か。果たして籤や抽選が民主制の本質と言っていいのか。それは民主制を軍隊から切り離し、実質上無力化することにならないか。この統治における軍事の例外性については、軽くですが『夜戦と永遠』で触れましたので、これ以上は割愛します。

繰り返しましょう。どうしても、問いはこうなります。民主制とは何か。いま民主制が可能であり、可能ではなくてはならないとしたら、ではわれわれの民主制とは何か。われわれによる、われわれ以外の者にわれわれを統治することを許さぬ、われわれの統治とは何か。われわれであるデモスによるデモスの統治とは何なのか。何がどのように行われたら、どのような統治のテクノロジーがどのように機能したら、「デモスの統治」は本当に成立するのか。だから……実は、民主制とは何か、わからないのです。それは謎です。いまだ決定的な解答が出ていない、永遠の謎である。エジプトの影響下にあったギリシャ人が人類に投げかけた、一つの巨大な謎である。

「アラブの民主化」「エジプトの民主化」という言い方が実に滑稽であることが、おわかりでしょう。欧米のメディアはここまで考えて言っていない。ただ極めて高圧的に「俺たちに似てきたな」と言っているに過ぎない。論外です。そんな遣り口は認められない。

日本にかぎらず、非欧米圏に属する人々が政治をめぐって思考するにあたって、往々にして犯す深い過ちがあります。「民主主義」とか「人権の擁護」と言うとすぐ、「それはヨーロッパ的価値観であってわれわれには本来関係がない、それは欧米に押し付けられたものだ」と言うわけですね。そういう欧米対自分たちという、単純な対立図式を置いてしまうわけです。しかし、これは先ほどの例と同じように滑稽な態度です。

民主制は、そもそも西欧の白人が案出したものではない。まさにエジプトの植民地であり、おそらくはアジア・アフリカ的ルーツを人種的にも文化的にも濃厚に持っていたギリシャこそが案出したものです。まさに「ブラック・アテナ」が創造したものである。余談になりますが、イエス・キリストだってユダヤ人、つまり「セム語族」の一員です。つまり、ユダヤ・パレスチナ・アラブ・エチオピア・アラムを包括する語族の人です。一九世紀から、「反ユダヤ主義」という言葉は実は「反セム主義（Antisemitism）」と呼ばれていました。だから、潜在的に反ユダヤ主義というのは、これらすべてのセム語族に対する差別でもある。イエスってパレスチナに棲んでいたセム人なんだから、よく磔刑図に描かれるような、あんな白人であるわけがないんです。……よく冗談で言うのですが、たぶんイエス・キリスト本人と肌の色から何からそっくりなのは、えーと、ラモス瑠偉さんなんじゃないかって（笑）。

……ええと、こんなに受けるとは思わなかったな（笑）。冗談が過ぎました。話を戻しましょうか。西欧的なるもの対非西欧的なるもの、という図式が、思考の罠であるということでしたね。よく知られている通り、ギリシャの偉大な知の遺産は即座に西欧に継受されたわけではなく、イスラーム知識人を、そしてイスラーム圏内のユダヤ知識人を介して西欧に受け継がれたということは、もはや常識に属することです。こうすると、民主制ひとつとっても、西欧的なものではない。西欧人が特別な所有権など主張する筋合いのものではない。自由も、平等も、行使するにあたって西欧人に何か負債を負う必要などない。ゆえに、彼らがこの図式に従ってわれわれ非西欧人を差別することには一切根拠はない。しかしこういうことにもなる――われわれ非西欧人がこの図式に従って西欧的なものに反発することも意味はない、と。いまチュニジア人やエジプト人は、骨の髄から西欧化したいと思って革命を起こしているのでしょうか。それとも急進主義的に西欧的価値観を全部否定せんとして革命を起こしているのでしょうか。全然違いますね。そのどちらでもない、こういう図式には当てはまらない革命が、まさにエジプトでいま進行している。われわれが、彼らから教えてもらうことがあるとしたら、これです。こうした旧弊な……そうですね、あえて「旧弊な」と呼びましょう。旧弊な対立図式を越えて、われわれのわれわれによる統治を回復するには、どうすればいいのか。この問いがいまや切迫しているのではないのか。彼らとわれわれのあいだで。いや、われわれの、われわれ同士たちの、われわれ同志たちのあいだで。

徐々に、話がつながって来ましたね。平井玄さんが『ミッキーマウスのプロレタリア宣言』で、菊地浩之氏の研究を引用しつつ非常に明晰に指摘されていた重大な事実がある。つまり、日本の売上高トップ五〇社に主要銀行と九大商社を加えた七五社の取締役の血縁を調べてみると、その七割七分以上が親戚・姻戚関係にある。そしてこの七五社の大企業のまわりには無数の系列企業が鈴なりになっている。なおかつ、この血縁関係のネットワークからこそ、財界のリーダーのみならず、政治家や官僚、あるいは御用学者たちが出てくるわけです。つまり、これは完全に門閥であり、婚姻関係で結ばれた閥族による世襲支配である。一部、このネットワークの外部から優秀な人材を吸い上げて、やはり婚姻によって吸収するといった柔軟構造も存在している。現今はあまりこの構造が機能しなくなっているという話も聞きますが、それは置いておきます。日本に貴族階級が存在していて、彼らが支配している。そのネットワークのなかには当然マスコミも含まれる。

端的に、日本において民主制はいまだ存在していないということになります。ごく単純にね、選挙が行われるとしましょう。「五人の中から政治家を選べ」と言われて投票所に行ったとしましょう。泡沫候補でもない限り、その五人は全員門閥の中に入っているとしたら、どうですか。選択肢がすでに操作されているとしたら、それは民主制か。また、どうして皆さんが東京電力や原発ムラ云々でお怒りかというと、「皆、利権だったじゃないか」「結局は一部の特権階級のカネのためだったではないか」ということでしょう。まさに、今回の震災および原発事故において、すでに存在したこの閥族支配の悪しき側面があらわになってきているわけです。民衆を貧困や死のただなかに遺棄して痛痒も感じぬ閥族が大量にいるわけです、日本には。繰り返します。いまだ、われわれの民主制は存在していない。

そしてまた、これは日本だけの話ではない。レヴィ＝ストロースが『親族の基本構造』の中で、古代社会あるいは未開社会は、女性の交換で成り立っている、その社会の根本をなす交換の構造、現在の高等数学と同じ構造であるからして云々と言った。この時点でもうフェミニストの方々から批判があって当然なのですが、僕が師と仰ぐピエール・ルジャンドルは若い頃、別の角度から猛然と批判したんですね。いつもは非常に穏やかな人なのですが……。つまり、こういうことです。フランス国家だって同じ、女性の交換で成り立っているじゃないか、高等数学どころじゃない、とね。ご存じかと思いますが、フランスは自由・平等・博愛の国である、というのは表向きで、裏には強力な官僚制度と階級社会がある。特に官僚と企業のレベルでは、フランス国家というのは明らかに親族・姻族のネットワークによって統治されている。つまり、名家から名家へ、名家からエリートへ、「女性を交換」することによって結びついてる。そんな因習で自分の社会を維持している「野蛮な」フランス人が、人様の文化のことを云々する資格はないんだということです。最も「民主化」が進んだはずの、フランス革命の申し子であるフランス国家ですら「未開」なのに、構造主義というのは足もとを見ない議論だと。強烈な批判でしょう。ルジャンドルは田舎生まれで、ノルマンディーの果ての貧しい家の生まれですが、勉学を重ねて国連の法務官僚や司法省の顧問までやった人です。だから、そういう閥族や官僚制の腐敗というものを厭というほど知っている。日本もフランスも、そしておそらくは多国籍企業だってある程度までは同じでしょう。つまり、「人類史規模の謎としての民主制の問い」をなかったことにし、形式上の民主主義の看板だけ掲げ、その裏で門閥貴族が「女性の交換」による統治を行う。これはアラブ諸国でも全く同じです。アラブで起きていることはどこまでも、「われわれ」の問題です。彼らがイスラーム原理主義に頼らなかったように、われわれも、革命を成し遂げるために保守反動のイデオロギーだの天皇だのといったアルカイックなものを持ち出す必要はない。このことこそを、彼らは死を賭けて教えてくれている。

重要なことなので繰り返します。先ほどのバナールの議論に従えば、民主制はエジプト文化の影響下につくられた一つの、未聞の、未解決の巨大な問いだということになる。ならば、こういうことが言えませんか。僕がエジプトの知識人だったら、重箱の隅をつつく連中に足を掬われるのは覚悟で、欧米人に向かってごくごく素朴にこう言いたいですね。「民主制は君たちには扱えない代物だったんだよ。民主制は君らの玩具ではない。専売特許でもない。返せ、民主制を。われわれが創った民主制を返せ」と。

ここで重要になってくることがあります。僕は今日、これを言いに来たと言っても過言ではありません。今までは前置きに過ぎない。以下が本題です。

革命に関して、二つの政治哲学的な概念を区別しなくてはならない。すなわち「恥辱（honte）」と「屈辱（humiliation）」を。この区別は可能であり、必要であり、必須である。そう私は思う。

ドゥルーズは「文学と生」という素晴らしい一文のなかでこう言っています。「男（un homme、人間）であることの恥ずかしさ（honte）、ここに書くということの最高の理由（raison）があるのではないだろうか」と。ベンスラマは、まさに今日出版される新著でこれを次のように言いかえている。「男（人間）であることの恥ずかしさ、ここに革命することの最高の理由があるのではないだろうか」と。この「書くこと」と「革命」との切り離せぬ絶対的な関係は、すでに昨年秋に出した拙著『切りとれ、あの祈る手を』で委曲を尽くして論じましたので、詳細はそちらに譲ります。

ひとりの男であること、ひとりの人間であることが恥ずかしい、恥辱である。そういう状況があったわけですね。ムハンマド・ブアジジは焼身自殺をした。抗議のための焼身自殺って、そうそうできないわけです。自殺のなかでもっとも痛くて苦しいんですから。死ねないんですから。

どうして彼の自殺が革命の着火点になったのか。実は、ブアジジ（Bouazizi）の「ブ（Bou）」は、「父」という意味です。「アジズ（aziz）」はお金にかえられないもの、数えられない崇高なもの、かけがえのない価値という意味になる。ジジの最後の「イー（i）」は所有詞で、「私にとって」という意味です——だから、「ブアジジ」とは「わたしにとって大事な、かけがえのないお父さん」という意味なんですね。しかも名前がムハンマドだという……。チュニジア人が延々と伝えてきた何かが、今や汚されている。「わたしの大事なお父さん、ムハンマド」である男が、恥辱のあまり自らを燃やさざるを得ぬ状況がそこにあった。これがチュニジア人たちに衝撃を与えた。ただの言葉遊びではなく、そこには象徴的な意義がある。シャルル・ド・ゴールの「ゴール」が、本人も語っているように、ゴール人の末裔たるフランス人に「何か」を意味していたように。

イスラームの教えに反してまで、男であり父であるという名を背負った自分の身を灼く。灼くべきである、と決断させる恥辱があった。アッラーに対しての恥ずかしさではない。それが驚きでしょう。繰り返しになりますが、自殺は罪ですから。われわれがこの社会に生きているというだけで、何か踏みにじられているものがある。こんな場所でこうやって生きていくしかないということが、恥辱であると感じさせる何かがある。それを燃やす。自分の身ごと、恥辱を灼く。ムハンマド・ブアジジという非常に不思議な名前の持ち主がなしたことは、これです。そこから革命のプロセスが発動した。

恥辱、それは個人的な、心理的な、内面的な概念ではありません。それは政治的な、そして政治哲学的な概念です。ドゥルーズが別のインタヴューでも語っている通り、テレヴィジョンをつけても新聞をめくっても、こんなことが許されていいのかという恥辱がある。そしてそれは彼が語る通り、たとえばナチスを許してしまったこの世界に対する恥辱と同質である。その恥辱から始まるからこそ、すべての哲学は政治哲学になる、と。われわれの思考が常に政治的でしかありえないのは、それはわれわれの恥辱のためです。

では、屈辱とは何か。これは簡単です。われわれはムスリムなのに、欧米的な価値観に侵されているとか、憲法第九条は押しつけであるから再軍備して日本男児の誇りを取り戻せとか、そういう感情です。屈辱は自分が男である、この社会でこうして生きている男であるということに「恥ずかしさ」を覚えていない。結局その辱めは、他人のせいにしてしまえるものでしかない。自分をある種の痛みや艱難において変容させるなどということは思いもしない。これが「屈辱」です。一方、恥辱というのは、みずからの生自体を変革することを孕んでいる。――このような生を強いられている私など、この屈従の生存を生きている、生かされている私など灼かれてしまえ、という絶対的瞬間に至るまでの。この震災が起こるまで日本の原子力体制について知らなかった、知ろうともしなかった、それはわれわれの恥辱ではないのですか。東電が悪い、政府が悪い、自民党なり民主党が悪い、官僚が悪いマスコミが悪い、それは間違っていない。間違っていないけれども、それは結局は「屈辱」でしょう。自分たちの手だけは汚れていないと思っているわけでしょう。だが、絶対に屈辱からは革命は起きない。反動、暴力、差別、そして現状追認と諦めしか起きない。革命を起こすのは常に恥辱である。われわれの手は血で汚れている、汚されてしまっている、しかしそれをわれわれ自身黙認してきた、――こんなことは赦されない。それが恥辱という政治的情動です。われわれも汚れているのだ。原発がこういう状態だったことはわかっていた。そういう本も出ていた。資料もあった。隠そうと思っても隠し切れない事実があった。なのにわれわれは——私も含め——指を咥えて眺めていたわけでしょう。門閥貴族がいるということを薄々は知っていた。でも何もせず眺めていた。そうでしょう。われわれはこうした体制を許し、黙認してしまった。

何という恥辱か。この恥辱はあがなわなければならない。

いいですか。だから「みんな」に責任がある、ゆえに誰かに「責任転嫁」するのはやめよう、と言ってるのではないですよ。万人に責任があるとすれば、それはもう責任ではない。責任は局所化されてこそ、責任として機能しうる。みんなに責任がある、だなんて、それではまた「一億総懺悔」の「無責任の体系」ではないか。個別に、責任をとってもらうべき人はいる。だが、そのための蜂起には、この社会の「書き‐変え」のためには、屈辱ではなく恥辱こそが必要なのです。ただ恥辱が。ただそれだけが。こうした情熱からしか革命は起きないのです。

では、われわれは十分に恥辱を感じているか。われわれのこの世界を、われわれのこの棲まう場処を、われわれの統治のあり方を、われわれ同士の関係のありのまままを、そして何よりもわれわれ自身を。感じなくなってしまっていないか。希望を持つことも、絶望することすらできなくなって、全く麻痺してしまっているのではないのか。日本は民主化している、近代化している、先進国だと思っていたわけですからね。そんな夜郎自大は成り立たない。成り立っていない。

恥辱、それは「男であることの恥ずかしさ」です。だからといって自動的に「すべての」女性がそこから逃れるわけではないことは、ジャック・ラカンがはっきりと言っています。それはまた別の本で書きましたので、繰り返しません。とはいえ、ここからひとつの留保を置かなくてはならなくなります。私は、エジプト革命に「イエス」とは言えない。ある、気にかかることがあって……それについて、いつかそういう報道があるだろうと思って待っているのだけれども、無い。僕は新聞や雑誌も見ないし、情報を大量に集めるタイプではない。ネットも切って音楽を聴いているだけの日々だから、おそらく自分が見逃しているだけだろうと思っていた。でも、どうやらここに来るために調べても、またベンスラマも「聞いてない」と言っている。ご存じでしょうか。エジプトの女性の九割が女性割礼を受けている、ということを。この「九割」という統計が、誤りであることを望みます。心から。もちろん階級や地方によってあり方は違うのですが、この女性割礼の実態たるや……。女性の皆さんの前ですが、いや前だからこそ、敢えて言いましょう。もちろん少し削る、くらいで済ます場合もあるそうですけれども、時によるとクリトリスを完全に切除して大陰唇と小陰唇を全部削り取って、膣を縫う。辛うじて生理のときに血が出るようにだけ通路を残して。こんなものは……「割礼」でも何でもない。ただの虐待であり、暴力です。宗教的な根拠なんてどこにあるんですか。ないです、根拠なんか。九割だよ。これが変わったという話が全然出てこない。そこを変えなきゃ革命じゃない。そこを変えるのが革命だろう。イスラームからだって何からだって、こんなことは正当化できないよ。僕はクルアーンしか——厳密に言うと日本語訳とフランス語訳だから、正確な意味では「クルアーン」ですらないのだけど——読んでない。でも、クルアーンにそんなことは書いてないはずです。チュニジアはまだ良いのです。チュニジアを代表する大学、チュニス大学の学長は女性です。女性の社長も女性の官僚も日本より遙かに多い。ベン・アリー政権の時に、女性の閣僚が七、八人いた。それが革命後は二人から三人に減ってしまった。チュニジア人はそのことについてはきちんと問題視して批判しているわけです。われわれのこの島国はもっとひどいわけですよ。

イタリアの首相のベルルスコーニという人がいますね。彼は十七歳の女性を金で買ってセックスパーティをやっている、って公言してしまうような人間です。世界経済フォーラムが発表した昨年の男女平等指数ランキングで、イタリアは七四位でした。それでも繰り返される首相の女性差別発言に、十万人規模のデモが今イタリアでは起きています。十万人規模ですよ。……さて問題です。七四位のイタリアは、先進国最低順位ではない。なぜでしょう。この国があるからだよ。日本は九四位です。ひどいの一言でしょう。だって国連加盟国って百九十数カ国ですよね。先進国パーティといわれるOECDの加盟国は三四カ国ですよ。そこで九四位ですから。恥辱だ。これが恥辱でなくて何なのか。こういう国が原発事故を起こして情報の開示もしない。

われわれは恥辱を感じなくなっている。麻痺してしまっている。それはこういう意味です。男女平等もなく、民衆の統治もなく、完全な言論の自由もない。そういう国なんだ、ここは。これは純然たる恥辱であり、われわれは恥辱の情動こそを鍛えなくてはならない。

繰り返します。民主制というのは欧米の専売特許ではありません。民主制を求めることに「屈辱」を覚える必要はない。それは所詮「屈辱」でしかない。民主制や自由、平等の理念を「押し付けられたもの」と考える必要はないのです。民主制という、人類に対して巨大な一つの謎を問いかけたギリシャ人が、明らかにアフロ・アジア的なエジプト人の影響下に育ったのですから、われわれこそが民主制を取り返し、また取り返し続ける義務があるということになる。無論、ギリシャ人は女性差別的な社会を営んでいた。なら、——それを変えればいい。われわれの来るべき民主制、われわれの手になる民主制は、借り物でも偽物でもない。逆に言えば、偽物だって構いはしない。エジプトだってどこかから文化をもらってきたに決まっている。歴史に残ってないだけです。坂口安吾が言う通り、第九条すら「偽物と笑うほうがおかしい」ということです。偽物かどうかは二の次で、正しいか正しくないかだけが問題でしょう。偽物である生は屈辱だなんて、そんなことは知ったことではない。

問題はさまざまあれ、少なくともチュニジア人やエジプト人は「恥辱」を感じえている。なぜ彼女ら彼らにできることが、われわれにできないのか。革命は、非常に具体的なことから起動します。十分に自分の置かれた状況を恥辱と感じるかどうか、です。念のため。恥と罪、日本の文化は恥の文化で、ヨーロッパは罪の文化だという人種差別的な理論、どこかの御用学者がひねり出した机上の空論とは端から関係ないですからね。

デモスの支配を、デモスによるデモスの統治の技藝を、いまだにわれわれは発明していない。われわれはわれわれの民主制を新しく創り出さなければならない。われわれはわれわれを支配できていない。みなさん、自分自身を支配しているのは自分自身たちだけだと、実感できていますか？　この国のこの制度のもとで？　できていない。ならここには民主制はない。われわれは民主制を案出しなくてはならない。過激なことを言っている、と？　そんなことはありません。何千年も前にギリシャ人が言ったことですよ。われわれだけがわれわれを統治しているという状況をどうやって案出するか。何がデモスによるデモスの支配なのか。この数千年来の問いは、未解決のままわれわれの目前に横たわっている。そして、この問いを引き受けるのは常にわれわれである。われわれを統治すべく、われわれしかわれわれを統治することを許さない、われわれの問題である。今ここにはいない、遙かなる来るべき「われわれ」を呼び集めるために。そのわれわれを統治するものは、われわれ以外誰一人としていない、そうした世界を定礎するために。「われわれ」以外の奴が悪い、という屈辱がここで問題になりえないのは、すでにご理解いただけるでしょう。われわれの手こそが汚されている、という恥辱こそが革命の「理由」たりうる。「根拠」たりうる。いまここにはない民主制への。これは完全に一貫した話なのです。

（二〇一一年四月二八日　素人の乱一二号店）

変革へ、この熾烈なる無力を
——二〇一一年一一月一七日、福岡講演によるテクスト

（以下は、ブックオカ２０１１という福岡における講演の内容を中心に、その前後一ヶ月程度の講義などでの発言をまとめたものである。次の京都における講演等と重複が多く、そこを極力整理した。）

みなさん、たぶん、いま――「実感」がないと思うのです。実感というものほど、頼りないものはない。このことを、まさに身にしみて感じておられるのではないでしょうか。多少逆説めいた言い方になってしまいましたが、事実そういう状態にあると思います。

いまは危機の時代である。それはそうでしょう。しかし、あの惨事のあともあっけなく、灰色の雑音のような喧噪のなかで、それでも平坦に続く繰り返すこの日々のなかで、危機の実感を、本当にわれわれは毎日毎夜持って生きているか。不意にその実感はかすれ、明け暮れのなかに紛れてしまわないか。それはここが震災の直接的な被害を受けた場所から相対的に遠い、福岡だから、ということではないでしょう。かといって、いまは安泰の時代である、という実感を、いまさら果たして持てるか。

無論、ラカンによれば、「実感」というものが与える「リアルな感じ」というものが、そもそもあやしい、ということになるわけです。が、ここの詳細には立ち入りません。なぜなら、その「あやしさ」を、われわれはすでに、こうして生きているわけですから。

あれから――もう半年以上も経つわけですね。そのあいだ、僕は、「3・11以降の文化」について話せとか、「3・11以降、世界がどう変わったか」を論じろとか、そういう依頼を幾度も受けました。そして、無論のことすべて断って来ました。

「3・11」とは一体何のことか、僕にはよく判りません。

あの日の津波で親きょうだい子ども全部流されてしまった人の3・11と、福島の原発の近くに住んでいて、避難を余儀なくされている人の3・11と、自分の祖父が俺はここに住むって言って聞かないから仕方なく見捨てて来てしまった人の3・11って、同じなんですか。――この「放棄」は、第一次・第二次世界大戦のころにもよく起こったことです。自国軍に遺棄された街で、空襲のさなかに、自分の家に老いた家族を置いてきてしまった人はたくさんいた。これはむろん心的外傷になりますから、そういう記録は残っている。

東京に住んでいる人にも、こうして福岡に住んでいるみなさんにとっても違う。東電や保安院や経産省の現役の偉い方々の3・11って、そして日本に原発というものを導入することをきめた、もはや現役ではないであろう人びとにとっても、さぞ違うことでしょう。僕の友人に、岩手出身者が二人います。どちらも内陸部の、盛岡近くの生まれです。彼ら二人は生まれも育ちも性格も全くちがうのですが――全く同じ感情に突き動かされて、同じことをしている。つまり、おなじ「くに」に生まれた人びとがこんなにも苦しんでいるのに、内陸出身というだけでそれを逃れて、

う。非常に熱心に、ボランティアに参加して活動している。彼らにとっての3・11も、また違うでしょう。

そして東京の、相対的には安逸の日々を送っている坊ちゃん育ちの知識人ふぜいが、キーボードをカタカタいわせて3・11以後の文化や文学や政治やらについて鬱状態になったり不意に躁状態になったり大騒ぎしてみせる。——ということを、「別の無数の3・11」を生きた人がどう思うのかということを、一体考えたことがあるのか。そして、そういうふうに発言を依頼され、発言し、何らか謝礼を受け、それが社会に影響力を持つということを自明視する、その構えというものを一瞬でも疑問に思ったことはないのか。それはまさにある種の強制であり、ひとつの言説上の罠を形づくっているのではないのか。無論、これは自戒も込めて言っている。震災以前にお引き受けした仕事とはいえ、こうやって、みなさんの前で話してしまっている訳ですからね。私は「自分だけは例外」という思考の形態を原則として好みません。まあ、こうして弁舌を弄することが仕事になるなんて、ほんの少し前までは思ってもみなかったのですが——今更、自分は知識人ではないだなんて、下らないしらを切るなんてことは、しません。

3・11「以後」というのも杜撰です。いまが何かの「以前」じゃないなんて証拠は、どこにあるんですか。つい最近、ここ福岡県でもデモがあった。一万五〇〇〇人集まったそうですね。彼女ら彼らが訴えたように、玄海原発が事故を起こしてしまったら、どうしますか。あと文化的にも地理的にも近い、お隣の韓国も、原発がたくさんありますね。どうも、あちらの管理体制も日本と同じように雑らしい。あれがどうにかなってしまったら、博多はどうなりますか。――というわけです。なぜか原発問題を「日本」の問題にして論じる人が多く居ますが、これは当然ながら「日本」の問題ではないのです。

念を押しておかなくてはいけないのかな。いいですか、僕は危機を煽っているのではありません。『夜戦と永遠』でもはっきり述べた筈なのですが、僕は煽りは大嫌いです。僕の発言で煽られていると称する人たちは、失礼ながら勝手に煽られているだけです。また、最近何人かの学生の諸君から質問を受けて驚いたのですが、どうやら佐々木中とかいう人が「何も終わらない、何も変わらない、そして何も始まらない」と言っているらしいのですね。そのようなことを言う佐々木中という人を僕はちっとも存じ上げないのですが、みなさんはご存じでしょうか（笑）。ここにいるほうの佐々木中は、何も変わらないなどとは一度も言ったことはない。それは革命について述べた本である『切りとれ、あの祈る手を』を一瞥しただけでわかることです。何も始まらない、と。その逆なら言ったことがあります。書店に行って、先ほども述べた『夜戦と永遠』という僕の処女作の、最後の一文だけお読みください。それが証拠です。まあ、どういう要約をされているのか、僕の知ったことではありません。悪意ある誤読をする人というのは、どこにでもいますから。

話が逸れました。煎じ詰めれば、「3・11以後」などというのは、もうそこで偽の問題です。こんなことを言うと、佐々木は3・11のあの重大な惨禍を相対化しようとしている、被災者の苦しみを軽くみている、などとまた誤解する人が出るに決まっている。違います。いまは――そうですね、どう転んでも誤解は免れないのならば、こういう言い方をしましょう。震災下であり、災厄の最中なのです。われわれが実はすでに生きていた、そして悪夢であってくれればと思うほどの仕方で露呈した、屈辱ならぬ恥辱のプロセスのただ中で、われわれは生きることを強いられている。何も終わらない。何ひとつ「以後」になっていない。

あともうひとつ、偽の問題の罠がありますが、後で述べることにしましょう。一旦話を戻します。


われわれのこの、不思議な「実感のなさ」というのは、一体どういうことなのか。あれ程のことがあったのに、こんなにもあっけなく、日常は続いてしまっている。何故か。これは二つの理由があります。そして、この二つの理由は底でつながっている。みなさん、新聞や雑誌、テレビなどで専門用語をシャワーのように浴びせかけられて、すこしお疲れでしょうから、以下あえて、ごく素朴に語りたく思います。「あえて無知を装う」のは好みではないですが、哲学の基本的な態度ですから。

まず、われわれはとても奇妙な「宙づり」の状態におかれている。今日は若い方からお年を召した方まで、いろいろな方に来てくださって本当に嬉しいのですが、そうすると無論、このなかには小さなお子様がいらっしゃる方もいると思うのです。ここは福島から遠いですから、外部被曝についてはあまり心配してはおられないと思う。しかし、やはり、低線量被曝であるとか内部被曝であるとか、そういう問題は心配されている方もおられるかもしれない。いくら福島からここ福岡は離れているといっても、たとえば外食をしていて、食べているものの産地がどこかなんてなかなか判らないわけでしょう。魚一匹買うにしても、表示されているのは「水揚げ港」であって、どこを泳いできた魚なのかなんてなかなか僕ら素人には判らない。だから、少しでも知識を得ようとしてそういう本を読む。すると――立派な、誰からも文句のつけようのない経歴と地位にある専門家同士が、まったく逆のことを言っている。ある人びとは一定量以下の被曝は健康になんら影響を及ぼさない、遺伝にも影響はない、魚を食べても大丈夫どころかプルトニウムは飲んでも大丈夫なとどとメディアで言い放ったりもする。チェルノブイリで少しだけ増えたのは子どもの甲状腺がんだけであって、そもそも甲状腺がんは治るがんだから問題ない、云々、と言う。ところがある人びとはそんな「一定量」などそもそも存在しないし、チェルノブイリでは膀胱がんや遺伝的な問題をかかえた子どもたちが生まれているし、劣化ウラン弾の被害を受けた地域では乳がんや白血病、脳腫瘍などが同時に発症する症例が多数見られる、と言う。するとまた反論が起こって、飲酒やたばこの発がんリスクにくらべれば、放射線による発がんリスクの上昇など微々たるものにすぎない、むしろそういう流言によるストレスこそががん増加の原因、などと言ったりする。

一体、どちらが正しいのか。何が真実なのか。私は震災から一ヶ月ほど後の講演で、本当は誰も事態の全貌を理解していないのではないか、「わかっている」人など居ないのではないか、と申し上げたことがあります。無論、この原発事故の状況について「隠蔽」といっていいことがあったことはすでに今となっては明らかなわけですが、そういう隠蔽工作を行った人びとも、実は自分が何をやっているのかがわかっていなかったのではないか。自分の一時的な立場や利益によってそのような言動をしても、それが遙か未来にどういう帰結を招くのか、どのような禍根を未来の人類に残すのか、判っていないわけです。だからそういうことができるし、現に今もそういうことをしているわけですね。では誰が「わかって」いるのか。判っていないのか。「専門家」ではない、原子力工学なり放射線医学の専門家ではないと判らないと言う。無論、私も専門家ではない。だから語る資格はないのかもしれない。しかし、その「専門家になる」という過程そのものが、洗脳とまで言えば言い過ぎとしても、ある種の盲目を抱え込む過程だとしたら、どうなりますか。何ごとかに、なかば無意識に目をつぶることがその「専門家になる」ということの前提だとしたら、どうなりますか。

繰り返します。では何が正しいのか。どちらが正しいのか。判らない。判らないのです。広島、長崎、チェルノブイリ、そしてさまざまな核実験や劣化ウラン弾の使用などによる調査から、ある程度は判ることはありましょう。ただ、福島は福島でまったく未聞の事態なのですから、これから何が起こるか、判らない、ということもあります。ここまでくると、物理学や医学の問題ではありません。哲学の問題です。

「終焉の哲学者」であり、そうであることによって近代最大の哲学者となったヘーゲルという人がいます。敢えて言えば、すべての哲学に志す者は、ヘーゲルに逆らうためにも、まずヘーゲル主義者とならなくてはならない、というような人です。彼は、『精神現象学』のなかで「真理は全体である。そして全体とは、自分を展開することによって自分を完成していく実在に他ならない」と言う。そしてまた『法の哲学』のなかで、「ミネルヴァの梟は、黄昏がやってくるときにはじめて飛びはじめる」と言っている。ミネルヴァの梟とは、ここでは「認識する理性」の象徴です。どういうことでしょう。

ここはヘーゲルを詳説する場所ではないので、簡略に言います。彼によれば、真理というのは、全体です。つまり、原発事故による健康被害など微細なものに過ぎない、という論者と、原発事故は悲惨な被害を及ぼす、という論者がいる。原発推進派と脱原発派、などというレッテルまで、われわれにとってはお馴染みになってしまいました。そのなかにも、そしてそのあいだにもさまざまな立場や理論があるでしょう。しかし、その立論ひとつひとつが「真理」なのではない。ヘーゲルは、それらさまざまな人びとが立論し、批判し、反批判する、そのプロセス自体が「歴史」であり、その「歴史全体」こそが「真理」であると言ったのです。つまり、普通の意味では、後から過ちであることが明らかになった論理も、歴史の一部として、最終的にはその「全体としての真理」に含まれる。だからヘーゲルの哲学は根本的な意味で歴史哲学であり——そして、「終わり」の哲学なのです。どうしてでしょう。なぜなら、歴史が終わらないと、もうこれ以上人間は進歩などしないという「終わり」が来ないと、歴史が閉じて「円環」を、「全体」をつくらないからです。たとえ話にしてしまえば、ヘーゲルはサッカーのワールドカップが終わった後にやってきて、優勝したチームを指さし、そしてそこで行われたすべての試合を示し、「これが真理だ」と言い放つのです。だからヘーゲルは確実に勝利する。確実に真理を言い当てうる。なぜなら、「後出し」だからです。

おわかりでしょうか。歴史が終わらないと、歴史はひとつのまとまった「全体」とはならない。そしてそれを見はるかす視点も出現しない。そしてその長大な、過ちや死も含んだ人類の歴史全体が「真理」なのです。終わりにこそ、絶対確実な真理があらわれる。なぜ絶対か。過ちも、その歴史の展開のなかに含まれているからです。

しかし、では、この原発事故に終わりはあるのか。

いま起こってしまったこの原発事故に、そして将来に起こりうるであろう原発事故に、あるいは核実験や核兵器による被害に、終わりはあるのか。

セシウム137は半減期が約三〇年と言われています。しかしプルトニウム239の半減期はご存じの通り二万四〇〇〇年です。劣化ウランのほとんどを占めるウラン238にいたっては、約四五億年ということです。――二万年前、われわれはまだ文字を知りませんでした。農耕をしていませんでした。牧畜を知りませんでした。犬を飼い慣らしていませんでした。北極星はわれわれが知る北極星と、別の星でした。この列島は今とは別の形で、宗谷海峡は存在しませんでした。二万年後、われわれがどうなっているか、誰が知りうるでしょう。そうです、ここには終わりがない。ヘーゲルが言うような「全体としての真理」を形作る「歴史の終わり」は、全く通用しない。後出しの、その「後」がない。

よろしいでしょうか。それでも、たとえば三〇年ならば、ある程度の被害がわかるでしょう。この事故による被害がどの程度のものか、偽装や隠蔽がなければ——望み薄ですが——わかるでしょう。「一応の終わり」が来て、そこから遡って、後出しの「真理」がつかめるでしょう。しかし、それでは遅いのです。あとからやってきた後出しの真理なんて、何の役にも立たない。そういう事態です。これは。

ではどうするか。どちらの「専門家たち」の意見も——まあ、百歩どころか千歩譲って、こう言いましょう——ある程度は真理に見えるとしたら、一体どうするのか。みなさん、少しずつでも原子力発電や放射線について、本を読んだり勉強したりされたと思うのですね。そしてこれは僕の友人の、母親になったばかりの堅気の勤め人の、勉強の末の疲れ切ってざらつく声で、ふとこぼした科白なのですが、——

「結局、信じるか信じないかっていう話なの？」と。みなさん、そうお思いなのではないでしょうか。そうです、たとえばどちらかを真理とみなし、それを「信じ」、そちらの意見に与したら、「後から」来たヘーゲル的真理を持つ者たちによって断罪され、嘲笑されるかもしれません。それでも、判断しなくてはならないとしたら、どうしますか。これは賭けです。ヘーゲル以後の哲学者たちが「命がけの飛躍」や「好運」そして「賭け」を強調したことは、伊達酔狂、言葉のたわむれの類いのことではない。

　原発事故の放射線被害はある。そして、あらゆる種類の核兵器と原発は、世界中で、速やかに、完全に、〈廃棄〉されなければならない。あらゆる叡智を傾けて、人類はそちらに向けて「進化」すべきだ。これは後退でも撤退でもない。これは変革であり、新しい世界の開始である。――僕は、こう思います。つまり、こちらに賭けます。そして、みなさんもこちらに賭けて欲しいと、思っています。

　賭けることに本当は根拠はない。なくてよい。のですが、一応ひとことだけ。もし放射線にはほとんど健康に問題がない、と仮定してつくりあげたわれわれの未来の最悪の事態と、放射線の被害は甚大であると仮定してつくりあげたわれわれの未来の最悪の事態は、どちらが悲惨でしょう。答えは一つです。それだけです。

さて、話を元に戻しましょう。どこまでいきましたか。そうでしたね。あれ程のことがあったのに、われわれには「実感」がない、ということでした。それはまず、今申し上げた通り、この事態はほとんど「終わり」というものがなく、だから「けり」がつかず、ゆえに全体を見通す視点というものが定まらない、いつまでたっても「判った」という手応えがない、ということからくるといっていい。しかし、それだけではありません。

おそらく、二つの死がいま露呈しているのだと思います。ひとつは一瞬の死です。地震があり、津波があった。そこで一挙に痛ましくも亡くなってしまった人びとの、直接的で、一瞬の死です。すくなくとも、ある特定の時間内に死が到来する、そういった「みじかい死」である。

そのような「みじかい死」においてすら、「実感」を持つというのは難しいことではないでしょうか。

みなさんのなかにも、家族や大事な方を亡くしたことがある方はいらっしゃると思う。お判りでしょう。なかなか、死というものは実感が湧かないんです。

葬式が済んで、四十九日も済んで、忙しい日々のなかで、ふとお茶を湯飲みに二杯煎れる。茶を啜りながら目の前にあるもうひとつの湯気立てる茶碗を茫とみつめて、そこで、そういえば、もうこのお茶は要らないんだ、っていうところで、やっと腑に落ちたりする。

こういうことを「腑に落とさせる」ために、人類はほとんどその誕生の日付から、葬礼というものを持ち、そこに多くの知恵と案出の成果を注ぎ込んできました。それも、ご存じの通りです。この葬礼や追悼ということがらが、ある一社会においてうまくいっていない時、それこそがその社会の根本的な危機なのです。が、そのことは少しく論じたことがありますので、措いておきます。

問題は、もうひとつの死です。原発事故によって、おそらくもうひとつ別の死が与えられたといっていい。それは、ある緩慢な死です。ゆっくりとした、微量の、終わりのない、死を与えられた。巨大なプールに一滴のインクを、しかし確実に垂らした様に。

繰り返しになりますが——こんなにもあっけなく、日常は続いてしまっているわけです。僕には、ホットスポットで放射線量も高いと言われている柏市に住んでいて、怯えている友人が複数いる。群馬県北にも、茨城県北にもね。にもかかわらず、あのあと雨しだる季節がきて、ちゃんと夏らしい夏が来て、そして秋が来てまた時《し》雨《ぐ》れていく。普通に電車もバスも運行され、節電とか言ってたけどあれ何だったのって話になってしまっている。東京でも、ですよ。節電や停電についても、結局本当に必要だったのか、誰も説明してないわけです。――本当は電気は足りてる云々というのは研究してきた方々に任せて、僕が言うことではありませんが。

こんなにもあっけなく、残されたわれわれは生き延びてしまっていて、3・11以前とほとんど区別がつかない。それが、われわれの苦しみなのかもしれない。恐怖の原因なのかもしれない。

死が切迫しない。われわれは、薄皮一枚分、いちまい分だけであろうとも、おそらくは死に近づいてるはずであろう。しかし死は信じがたく緩慢に進行し、「実感」もなく、そのうす鈍さだけが茫洋として生を侵蝕している。

ハイデガーが言うように、人間はいついかなるときも死にうる、ということを忘却して生きている。死ぬのはいつも「ひと」だ、と。この死の切迫のなさ、忘却において、日常をある「気分」として生きている。そう彼は言います。

しかし、それは今も同じではないですか。

放射線被曝の被害というものの恐ろしさは、みなさんご存じの通り、その晩発性にあります。そして因果関係の立証不可能性にあります。つまり、まさに「ただちに健康に影響はない」わけです。二〇年、三〇年経って、もしかしたら福島でも、白血病や甲状腺がんの死亡率が数パーセントあがるだけかもしれない。しかもその原因が、すべて福島原発事故による放射線の被害だということは、実証しがたいのです。さっき述べた専門家の一方の側は、またぞろ煙草やアルコールや塩分だの持ち出すに決まっています。伝家の宝刀「ストレス学説」というものもありますしね。これは広島や長崎の原爆症訴訟でも大きな問題になったことです。

だから、われわれは放射線がばらまかれたこの列島を生きていて、実証も因果性も確定できない、ごく薄い皮一枚ぶん死へ接近していて、――死に近づいている。なのに、死は即座に来ない。切迫しない。緩慢な、数十年後の彼方に、確証できない死が、霧のように散布されている。

これが何故恐ろしいか。

それは、この新しく与えられた筈の死の緩慢さが、生そのものに似ているからです。

数十年後、ここに集まってくださった人や、その子どもの二人か三人か、いやもっと死ぬかもしれない。でも、それは原発事故があってもなくても、同じことが言えてしまうでしょう。これがこの死の緩慢さの、つまり災厄以後の生の、残酷さなのです。それがわれわれを打ち拉《ひし》いでいる。生を、腐食させている。

よろしいでしょうか。同じ事が言える、と言ったのです。同じだと言っているのでは断乎としてありません。似ているのであって、断じて同一ではない。無限に似ている、かのようである、それは唯の生に似過ぎている。が、絶対に同じではないのです。この「相似」こそがわれわれの生の苦しみの源である。そして忘却の源である。それははっきり指摘しておかねばならない。だが、それを「同じ」と言ってしまったら、誰かを免罪することになってしまう。

逃げようとしている人びとがいる。いま申し上げた、因果関係が立証できないということを利用して。数十年後にしか結果がでないということを利用して。そして統計の数値を操作できるということを利用して。確実に逃げ切ろうとしている人たちがいる。逃がして、よろしいのですか。

いいですか。3・11以降、全てが変わったという人がいる。「実感」として言う人がいるわけです。そのなかには僕が心から尊敬する作家や批評家の方もいる。その気持ちは判る。でも、気持ちしか判らないよ。それ以上判るわけにはいかない。なぜなら、それは、9・11以降世界がすべて変わったと語った人々と同じロジックになってしまうからです。9・11以降、世界が自分を狙っている「テロリスト」の巣窟に見えた連中がいたわけですね。その連中が何をやったか。何をまき散らしたか。これは原発問題と別のことではないでしょう。

3・11以降すべてが変わった、と言うことは何故おかしいか。誰が、何を、どのようにして、どれだけ変えたかということがはっきりしなくなってしまうからです。さらに、この事態を生き延びるために、何を、どのようにして、どれだけ変えなければならないのかというのも、判らなくなる。――すべてが変わったと言ってしまったら、すべての人に責任があるということになってしまいます。すべての人が負わなければならない責任などというものは、責任ではありません。すべての人に責任があるだなんて、そんなのは逃げ口上です。「一億総懺悔」だからこそ、「無責任の体系」を許してしまう。オール・オア・ナッシングという思考ほど、いま役に立たないものはない。緩慢な死というものがいくらわれわれの唯の生に似ていても、決して同じではない。そう申し上げた。誰かがやったんです。誰かが。——誰がやったんだ。

そしてまた、ここで問題が一つ出てくる。これは、以前述べたことですが——「恥辱」と「屈辱」の問題です。僕はこの二つを区別します。ジル・ドゥルーズが、「男であることの恥辱こそが、書くことの最大の理由ではないか」と言った。それをフェティ・ベンスラマが言い換えて、「男であることの恥辱こそが、革命をすることの最大の理由ではないか」と書いた。なぜ「男」なのか、ということについては、ここでは割愛します。すべての哲学が政治にかかわるものになるのは、ひとえにこの恥辱のためなのです。

恥辱（honte）は、屈辱（humiliation）とは違う。恥辱は、どこまでも「われわれ」の恥辱である。自分がそうであるところのものに対する恥辱である。屈辱はそうではない。たとえば「第九条は押し付け憲法だ！　日本人がこうなっているのは中国人のせいだ！」とか言う人たちが感じているのが「屈辱」です。それはいつも、

「誰か」のせいなんです。

屈辱を感じている人たちは、自分を変える気がない。自らを、自らの世界を変革しようとする、その動機となるのは常に「恥辱」である。屈辱は何も変えません。それが生むのは、弱者への暴力と差別だけです。

この震災、この災厄、この事態は、どこまでもわれわれの、われわれの恥辱である。われわれの手も汚されているのだということです。想定外という科白が言い訳にすぎなくて、すでにこの程度の地震は起き、起きたらどうなるかということは、ちゃんと調べて資料になっていたわけです。原発がいかに危険か、原発関連の財界、官僚、政治というものが、いかに欺瞞と癒着にまみれたものであったかについても、ずっと研究してきた人がいる。資料もあった、本もあった、でもわれわれはそれを知ろうともしなかった。私も含めて。

この国がこういう国だということを、うっすら皆さんもご存じだったでしょう。でも何もしなかった。だからこの事態は、われわれ自身の責任でもあるんです。だから、われわれが変わらなければ何も変わらない。誰かがうまくやってくれるだろう、誰かが変えてくれるだろう、という根性は捨てなくてはならない。いつまでもあーんしていればお祖母ちゃんがチョコレイトを口に放り込んでくれると思っていのは、幼児だけです。デモは直訴じゃない。そんな助けてくれる、訴えれば印籠でも出してくれる「お上」なんて存在しない。そんな「誰か」なんていない。われわれがわれわれを、変えなければならない。われわれの、この世界を。

そしてまた、ここではっきりさせておかなくてはならないことがある。

この恥辱の名において、この災厄はわれわれの責任でもある。それはその通り。だが、このことと、この災厄を招いた、そこに荷担した人びとの責任を問う、ということは、矛盾しません。責任は追及しなくてはなりません。

なぜなら、こういう無能と無責任を許して来てしまったわれわれを変えるということこそが、われわれがわれわれの責任をとるということだからです。ならば、われわれの一員である彼らに、われわれの名のもとに、恥辱の名のもとに、責任をとってもらわなくてはならない。逃がしてはいけない。

こういうことを言うと、何か落ち武者狩りというか、吊し上げというかね。日本人の悪いところだ、と思う方もおられるかもしれない。でも、噂話ばかりが飛び交う小さな「世間」で誰かを吊し上げるのは得意でも、われわれが住み子どもを産む大きな「世界」において責任を問うのは、たいへんに苦手ですね。前の戦争の時、坂口安吾も、そういう果ての果てまで責任を問いつめるっていうのは日本人は苦手だって話をしていました。僕が言っているのは、そういう小さな「世間」――原子力「ムラ」、と言い換えてもいいですよ――こそを、「世界」の名において有責としなければならないということです。可能なら、自らの責任を自覚してほしい。少ないながら、原子力関連の方々で、そういう尊い恥辱の情動を持っている人は居られるわけですから。

もう一回言います。責任は問わなければならない。復興が先だなんて言ってる人は、誰かさんの片棒をかついでいるだけです。なぜなら、その復興という作業において、責任の所在がどんどん曖昧になっていくに決まってるからです。

斎藤環さんという精神科医の方がいらっしゃいますね。彼が『文学の断層』っていう本のなかで、すごく面白いことを言っていた。斎藤さんの知人の精神科医が、とても勉強家で、哲学や文学にも詳しくて、それを治療に生かす、という方だった。しかしその方が、阪神淡路大震災に遭遇して、このいわゆる「圧倒的な現実」の前に、知とか哲学とか全部無駄だ、と言って、膨大な蔵書を全部捨てちゃったんですって。で、そのあと愕然として、また一冊一冊買い直しているらしい（笑）。そのお医者さんが言うには、自分は「リアル病」だったと。

「この圧倒的な現実の前に○○は無力だ！」。そう言う人っていま多いですよね。この空欄に入るものはなんでもいいです。文学でも藝術でも思想でも、何でも。でも、おかしな話じゃありませんか。何故か。

じゃあ、民主党は無力じゃなかったんですか。自民党は無力じゃなかったんですか。経産省や保安院や官僚は無力じゃなかったんですか。東電の人たちは無力じゃなかったんですか。あの炉を作ったアメリカの会社は。そしてアメリカは。マスコミだって無力だったでしょう。インターネットだって無力だったのではないですか。

たしかに、インターネットによって初めて伝わったこともある。インターネットからデモがはじまって、僕も参加しています。でも、だからといってネットが「有力」だということにはならない。ネットって、民主党が「有力」であったようには「有力」だったんじゃないですか。マスコミだって「有力」だったでしょう。ネットの人たちはマスコミを批判しますけど、その有力さ自体が「無力」だった。

この「圧倒的な現実」とやらを前に、無力じゃなかったものなどないのです。一体「有力」って何ですか。この世界で、もっとも「有力」なのは何ですか。アメリカ軍？　あの、ここ数十年世界中で失敗し続けている軍隊、が？　いいですか。初めから無力なんですよ。文学とか藝術だけが特別に無力なんじゃない。何だってそういう意味では無力です。何をやっても無力であり、「有力」であることなんてない。これこそが、「現実」なんです。

そしてそこで、「俺たちは無力だ！」って言って何もかも全部捨てることができたら、どんなに楽でしょうね。捨てますか。すべてを捨てることなんて、できるんですか。

無力だ。けれども、無駄ではないんだ。無力だけれども、無意味ではない。つまり——。

たとえば、文学でも思想でもいい。「この圧倒的な現実に対して、文学は何ができるか」。「思想には何ができるか。何もできない」。そういう事を言う人は、藝術とか思想には「権力」がある、「有力」である、と思っていたということになります。自分がやっていることが特権的に無力だって言い立てることは、……それは、何かおかしいよ。もしかしたら、権力がほしくて、有名になりたくて、お金がほしくて、思想とか文学とかやってたということになりませんか。

たとえば、パウル・ツェランという、二〇世紀最大の詩人がいます。彼はウクライナに逃れたユダヤ人で、若い頃両親を強制収容所で殺されます。自分も収容所入りになります。強制収容所で、もうこいつは働けない、ってなったときにはどうするか。「維持費」がかかるから、殺すんですね。そもそもユダヤ人を絶滅させるための「工場」なんですから。ＳＳの隊員がやってきて、お前こっち、お前こっちって、生かしておく方と殺す方に、列を分ける。

ツェランは三度くらい、殺される側の列に加えられた。そう本人が回想している。で、見つかったら即座にその場で殺されるのを覚悟で、隊員の目を盗んで生きる列の側へ駆けて行ったそうです。賭けですね。彼はその後、わけのわからない盗作疑惑とかに悩まされて、被害妄想に取り憑かれ、精神病を患ってセーヌ川に身を投げて死んでしまいます。まだ五〇歳でした。ぜひお読み下さい。僕は翻訳なら中村朝子先生の青土社版全詩集を好みます。

――えっと、リークしてしまおう（笑）。この全詩集は長らく版元品切れでしたが、近々復刊するそうです。是非。まさに彼の詩の一行をタイトルに引用した『切りとれ、あの祈る手を』という本のなかで、僕は二〇世紀最大の詩人、パウンド、T・S・エリオット、ヴァレリー、リルケとともにツェランの名をあげました。――実は、ある篤実な碩学に、「佐々木君、だいたいこれでいいけど、スペイン語から一人、ガルシア・ロルカじゃないかなあ」とやんわりたしなめられてしまったのですが（笑）。しかし、それくらいの人だということです。

本のお祭りに呼んでいただいたわけですから、読書案内をしないといけないですね（笑）。その強制収容所に、エマニュエル・レヴィナスという哲学者もいました。彼の本をはじめて日本語にした仏文学者から聞いたのですが、彼は笑顔が豊かで、寛大な人で。「寛大」というものを人間の形にしたらこうだろうっていう人なんですね。その西谷修さんが訳された『実存から実存者へ』という一冊を推薦します。きわめて正統的な哲学論文なのに、不思議な――なんと言えばいいのか、ふしぎに簡素な美しさをたたえた文体なんですね。後から学び、選び取ったフランス語なのに。達意の翻訳で、邦訳でもそれは感じ取れるかと思います。

もう一人、ポーランド人のブルーノ・シュルツという人を推したいです。平凡社ライブラリーに『シュルツ全小説』が入ってます。……ええと、佐々木中の小説の元ネタっていうのがひとつバレてしまいますが、えい、それでもいいや（笑）。

　彼もユダヤ人で、やはり悲惨な死を迎えました。彼は自分の故郷の街がナチスに占領され、そのゲットーに押し込まれた。そして、ある日シュルツは、パンの配給を受けとりに街を歩いていた。すると、何の意味もなく、たまたま無差別殺戮作戦を行っていた、ゲシュタポの隊員から撃たれて死にました。その男がシュルツであるということも知らずに、殺した。

　いま述べた、ツェランとか、レヴィナスとか、シュルツといった人の偉大さは……。ゲーテに、こういう言葉があります。「バッハの味を知らない人は幸福である。その人には、人生で最大の至福の一つが待っているのだから」。それと同じように、皆さんがツェランやレヴィナスやシュルツを知らないというのなら、あなたたちの未来は素晴らしいよ。素晴らしいものが待ち受けてることになる。

　で、彼らが、この圧倒的な現実の前に文学や哲学が無力だって言ったことがあるでしょうか。ない！　ないです。はじめからそういう意味では無力ですよ。だって──本を書けば、虐殺されたユダヤ人は生き返るんですか。津波で亡くなった方々が。福島の人たちは故郷に帰れるんですか。そんなことはない。

文学は無力である。しかし、文学は勝利する。簡単ですね。ツェランも、レヴィナスも、シュルツも、ただ、偉大な本を書いたんです。あの過酷な日々の最中に、またその後に。そういうことです。それは、まだやれる。だから無駄ではないし、無意味ではないと言ったのです。

アドルノという哲学者がいます。僕などが言うまでもなく、極めて鋭敏で、すぐれた人です。しかし、彼はすごくペシミスティックで、あまりにもアイロニカルで、僕はあんまり好きじゃあない。彼が『プリズメン―文化批判と社会』という本のなかで、「アウシュヴィッツ以降、詩を書くことは野蛮である」と言った。有名な科白ですね。

そして、これに対してツェランが――まあ二つくらい意見があります。伝記的事実として、ツェラン本人がアドルノにむかって非難したのではないか、という可能性があるそうです。あるいは、アドルノ自身がアウシュヴィッツ以後書かれたツェランの詩を読んで反省したのだ、という人もいる。

この科白と事実はみなさんご存じなんだけれど、この後日談はわりと知られていない気がします。この後の著作である、主著『否定弁証法』という本のなかで、アドルノはこの「詩を書くことは野蛮である」という煽りを撤回しているのです。「間違いだったかもしれない」と。

ところが――その『否定弁証法』のズーアカンプ全集版の、三五九頁。忘れもしない。アドルノは、それでも「アウシュヴィッツ以降の文化は全て Müll である」と言ったんですね。「それに対する痛烈な批判も含めて Müll」だと。Müll、これは、ごみ、くず、そして廃棄物を表します。

無論、ここでひとつ留保を置かなくてはなりません。アドルノはこの二つの科白を、あえて言っているわけです。前者の文言は、まさに文明の極みに達した近代ヨーロッパこそが最悪の野蛮をなしたという事実、アドルノ自身の言葉を借りれば、「究極の弁証法」を前提にしています。つまり「究極」であるがゆえの最悪の「弁証法」を。後者の文句は、あの災厄を忘却した「復興」に向けて、挑発的に言っているわけです。だから、ともすればわれわれの「アクチュアリティー」に寄り添う言葉なのかもしれません。いや、そうなのだと思います。アドルノへの尊敬の念を欠かしたことはないつもりです。しかし、それでも、なお――こういう言い方を、私は好みません。ツェランが不快がったという伝記的事実があるのも、成る程と思います。——たとえば、この Müll にアトムをつけて、Atommüll にすれば、核廃棄物を表します。

ならば、フクシマ以降、われわれの文化はすべて核廃棄物《アトムミュール》なのでしょうか。それに対する批判も含めて。アドルノ風に言えばそうなります。われわれの文化は核廃棄物になったんですか。答えはひとつです。諾でも否でもない。

「まあ見ていろ」。それが唯一の答えです。

——もう時間ですね。この列島に正義を。この列島に文学を。この列島に新たなる生き延《アート》びる術を。以上です。

「われらの正気を生き延びる道を教えよ」（二〇一一年一二月八日、京都精華大学における講演）を要約する二十一の基本的な註記

（付記　京都という街の土地柄《ゲニウス・ロキ》は、私に微細だが確実なある作用を及ぼすようである。長年脳裏をかすめもしなかったシラーの名が不意に思い起こされたのは、北山から鞍馬の方へ向かう車中であった。鴨川を渡り、ひらたく索漠とした色あわい街路がゆっくりとしかし確実に急坂をなしはじめ緑が濃くなりまさっていくその時に、もう十数年も前になる学生時代、ある碩学の講義に導かれてさまよったドイツ観念論の森の記憶が呼び出された。私は突如の冷えた覚醒状態におかれ、かねて用意の草稿をすべて破棄して別のことを語ることに決めた。決めたというより、強いられた。『砕かれた大地に、ひとつの場処を』に収録した同地での講演と同じく、京都という街に潜む何かは私にあやうい賭けを強いる。まったくの準備不足のまま、ひとつ身を投げ出すことを強いる。冬の森のなましい樹木の香りがただよう大学の、山肌に林立する講義棟のなかにある控え室に入る前に、記憶に頼って要点のみ書き出したメモが、一体どの程度

正しいのかわからぬままに講演をはじめることになった。もっとも正確さが求められる議論だというのに。以下はその要約である。シラーの論旨の蛇行につれて講演の内容も少しくみだれたため、前回の京都講演と同じい、みじかい考察の列挙という形式をとることにした。後からの訂誤や補遺は、敢えて行わなかった。内容自体に、存外にあやまちはなかったが、しかし性急な議論ではあるだろう。この性急さは、おそらく私から出たものではない。）

一、震災における無力は、特権的に美や藝術のものだけではない。ありとあらゆることが無力であった。その熾烈な無力こそに、なしうることがある。

二、此処は「美術大学」である。美を、あるいは藝術を「教える」場所である。それが可能か、「美術」を教える場所において、何を哲学者が言いうるか。このことについては、一八世紀末を挟んだ百年間で、ほぼすべての議論が出尽くしている。

三、まず、サミュエル・ベケットの次の言葉を銘記しよう。「わたしにとって、劇場はシラーが言う意味での道徳的な施設ではありません。わたしは人々を教育したくもなければ向上させたくもないし、また退屈させないようにするつもりもないのです。わたしが望むのは演劇に詩を持ち込むことです。虚空を通り抜けて新たな余白に新たな始まりを刻むような詩を。新たに広がる世界では、基本的にわたしは自分が理解されるかどうかをあまり気に留めません。わたしには期待されたようなお答えはできないでしょう。簡単な解答などないのですから」。ベケットは何を言いたいのか、何を拒絶したかったのか。

四、基本的な確認をする。いわゆる「藝術」が出現したのは、一八世紀半ばである。fine art あるいは beaux-arts〔正確に言えば、beaux-arts というフランス語は十七世紀くらい迄は狭義の藝術概念以外の意味も含んでいた。〕すなわち「美術」とも訳され、それと同義とされる藝術は、近代の産物である。これは、有用性や利害関係と切断され、「藝術のための藝術」という言い方で明瞭に示されるような、今のわれわれに親しい藝術概念である。それは、地理的歴史的に限定された事態にすぎず、ごく短い歴史しか持たない。ゆえに、「藝術」を否定することにも、もはや意味はない。繰り返すが、美や藝術を単なる制度性に還元して批判する見方は、美を美に対する特定の態度に還元するカント美学の考え方と同形式であるにすぎない。藝術批判は、もはや意味をなさない。藝術（art, Kunst）は、ラテン語ではアルス（ars）といい、これはそもそもギリシャ語のテクネー（τεχνη）の翻訳語である。煎じ詰めて言えば、これは自然（Nature, Natur, Natura, φύση）の内部で、時にはそれに抗して生き延びることを可能にする、「技藝」、あるいはより踏み込めば「工夫」とも訳すべき語である。それは娯楽や装飾の形をとりうる。だが、決して娯楽や装飾のみにかかわるものではない。それは変革可能な生の様式を意味する。ゆえに、これが死滅したと考える根拠は何もない。まさに今、この列島ではこのアルスの問題こそが、真正面から問われているのだから。

五、以下、時間が足りないためごく単純化した形になるが、この「藝術」の意味がいかに変容していったかを略述する。以下、あえて表記を「アート」で統一する。

（1）アリストテレス。アリストテレスにおいて「アート」とは次のように定義される。「アートとは自然を模倣するものである」。絵画作品や彫刻作品において、たとえば蜜柑の絵ならそれが蜜柑をうまく模倣できているということが、よいアートの条件となる。これは言語作品でも同様である。あるいはわれわれが生き延びるための技藝という意味においても、幾分かは当て嵌まろうかと思う。捕食や狩猟において、あるいは「縄張り」の主張の技巧において、われわれは自然の動物と同じように卓抜でありうる。この模倣説は一七世紀まで続くとみてよい。

（2）ベーコンおよびデカルト。この二人においては、アートと自然はいかなる関係になるか。「同じもの」になる。機械論が大きな影響力を及ぼした一七世紀哲学において、原則として人間も物理法則に従う機械であり、ゆえにその技藝も機械的なものになる筈だからである。たとえば現在においても、「人格」を一旦は棚上げにしてでも「身体」を「機械」としてとらえないと、外科手術は可能ではなくなる。処置する対象に、無益にその都度「人格」を見いだして了えば、処置を長引かせ、かえって患者を苦しませることになる。この場面において、機械である医師が機械である患者を機械的に修理する、ことになる訳だ。ちなみに、「藝術は長く、人生は短い」という言葉は医学の祖とされるヒポクラテスに帰されており、この藝術とは端的に医術のことである。

（3）ライプニッツおよびシャフツベリ。この二人においては、「アートは有限であるが、自然は無限である」。ここにおいて、自然は端的に神であり、人間とその制作物の有限性に対して神とその創造物の無限性が問題になっている。これは

（4）との対比において問題となる。このあと、無論バークやヒュームなどさまざまな議論の余地があるが、本日の主な議題に入る前に問題を錯綜させることをおそれ、割愛する。

（4）カント、シラーおよびシェリング。「アートは有限であり、自然は無限である。しかし、藝術家や藝術作品は有限であるにもかかわらず、そのなかに無限を含んでいる」。有限であり、個別的であるにもかかわらず、それには無限が、すなわち普遍性が胚胎している。あるいは質料的であるにもかかわらず、そこには形相が内在している。偶然的、必然的等々も同様。ここに近代藝術概念が誕生する。具体的な林檎なら林檎という個物の描写こそが、個物を越えた普遍的美を表出し、具体的な固有名を持つ個々人の生の描出こそが、個人を越えた普遍的な価値を持つ。無論、ここには根深い「キリスト論」の構造を見いだすことが可能だろう。一人の大工の息子の内に無限者を見て取った、あの一神教の。この汚濁に満ちた――と彼らは言う――大地に、一度は神と「同質」とされる「彼」こそが足を着けて歩いていたのだという事実に、有限者と無限者が交錯する歴史的かつ空間的なこの「特異点」に、膨大にして異常な「享楽」を見いださずにはいない、あの一神教の。

六、ベートーヴェンの交響曲に使用された「歓喜の歌」の詩人、『群盗』を一八歳で書いた劇作家として知られるフリードリヒ・フォン・シラーは、フランス革命の同時代を生きた哲学者でもあった。「循環」の思想家であるシラーの、カントの深い影響下にありながらそこから脱出せんとする努力にも、そして思考の明晰さにも欠くことはないそのテクストは、それでも自身の「循環」のえがく曲線につれて奇妙な蛇行をはじめ不意のもの見えなさを強いるところがある。それをすべて文字通り追うことはせず、ある一点に焦点を合わせて論じる。それはまさに政治と美と教育の問題に他ならない。以下、主に「人間の美的教育について」という論文に即して論ずる。

七、フランス革命が刻々と進行する最中に書かれた彼の藝術哲学は、フランス革命に賛同しつつ、なぜこの革命が「むなしい望み」として失敗に終わらざるを得ないか、を論じている。つまり、「下からの」革命が最後には「上からの」革命になり果て、いかにして失敗するか、という問題を、である。ほとんど預言的と言ってよいこの思想の展開において、「循環」の思想家であるシラーは、ここにもある特異な「循環」を見ることになる。この循環において、シラーは、個人と国家がいかに合致しうるか、その条件を探ろうとするのだ。国家が個々人と一致する仕方は、彼によれば二つある。それは（1）「経験的な人間を抑圧し、国家が個々人を廃棄＝止揚する」仕方と、（2）「個人が国家となる」すなわち、「時間の内」にある、すなわち経験あるいは質料のうちにある具体的な人間が「理念の内にある人間へと自分を高める」か、である。つまり、道徳と完全に一致しうるような法に完全に従いうる様に、人間を「高貴にする」という道である。要するに（1）は「上からの」いうなればトップダウン式の「強制」であり、（2）は「下からの」法と国家のボトムアップ式の「形成」ということだ。そしてフランス革命について「人類の大いなる運命が審理されている」と言い、この革命の議論に加わらぬのは「社会の安寧についての非難に値する無関心」でありその審理が「すべての独創的思想家の関心をひきつけるに違いない」とまで断言するシラーが、それでもこの革命が「むなしい望み」に終わると、なぜ革命の進行中に述べなくてはならなかったかは、ここにかかっている。「ルソーの血塗られた手」と呼ばれ「テロ」の語源となった恐怖政治を展開したロベスピエールより、シラーは一歳のみ年下であるにすぎず、完全に同時代人であるということに注意しよう。そして、シラーは政治哲学者としてはルソーからカントを経て一直線に引かれる、しかしきわめて批判的な継承の線上にあるということにも。ロベスピエールの恐怖政治が開始されたのは一七九三年、シラーのこの「人間の美的教育について」が書簡としてデンマーク王子アウグステンブルク公にむけて書かれたのも同年であり、シラーがどの程度パリの情勢に通じていたかは、私にはさしあたり判断する材料がない。が、シラーの問題設定はこうだ。民衆の蜂起という「ボトムアップ」ではじまった革命すらも、遂には「トップダウン」の革命に、「国家による個々人の廃棄＝止揚」の、おそらくはその最悪の形に成り果ててしまうだろう。それは何故で、そして革命——新しい国家や法や道徳の形成は、いかにあらねばならないのか。フランス革命とそれに後続する諸革命の酸鼻を知るわれわれとしては、シラーのこの同時代的な問いは実に重大である。

八、では、シラーはどのような変革を企図するか。真の「ボトムアップ」による政治変革は、「人間を高貴」にすることによってしかなしえないが、それは現存の

——最終的には「トップダウン」による個々人の「抑圧、廃棄」という手段をとるしかない「野蛮な国家機構のもとで」はなしえない。「国家の与えたものではない」「いかなる政治的腐敗にもかかわらず」可能なる手段、それは、シラーいわく「藝術である」。

九、なんとナイーヴな、それこそ「むなしい望み」ではないか。そう思われるかもしれない。しかし、まだその揶揄は早い。しばし彼の論旨を追おう。藝術家、あるいは技術者（アーティスト、Künstler）を彼は三つに分類する。（1）「機械アーティスト（mechanischer Künstler）」。邦訳では「職工」と訳されている者のことである。機械アーティストは、素材に対して形式を与えるために「暴力をふるう」。つまり「トップダウン」である。「彼のはたらきかける自然は」「なんら尊敬に値するものではない」。石工は、石の「人格」など尊重しないからである。（2）「美的アーティスト（schöner Künstler）」。彼も素材を尊敬せず、暴力を加えることをためらわないが、しかし「素材に対する外見上の譲歩によって幻惑」する。つまり、尊敬し暴力をふるっていないふりをする。「ボトムアップを装ったトップダウン」である。(3)「教育・政治アーティスト」(pädagogischer und politischer Künstler) あるいは「国家アーティスト」(Staatskünstler)。この場合の素材は、端的に「人間」であって、人格を持っており、「尊敬の念をもって近づかなくてはならない」。石や土などのように、この素材を切断したり、粉々にしたり、変形したり、脱色したりすることは許されない。この藝術は客観的な現実性を素材にする。そしてまた、これは自分自身を素材とする。このアーティストたちも、人間には違いないであろうし、この「アート」の素材であったであろうし、その効果であるだろうからである。ここには循環がある。これは「ボトムアップ」である。というよりも、「トップダウンがボトムアップになる」「トップダウンとボトムアップが循環している」。

一〇、つまり、第三のアーティストだけが素材を「手段としてのみならず目的として」(カント) 扱おうとする。革命は、第一および第二のアーティストによって行われてはならない。革命が個々人のボトムアップから起こり、そしてそのボトムアップが貫徹されねばならないものだとすれば、つまりわれわれ一人ひとりが自ら変わらなければならないものだとすれば、その手段は藝術、第三番目の藝術しかない。

そしてそれをなおも「藝術」の名で呼ばなくてはならないのは、藝術においてのみ、感性的なものや偶然的なものと、理性的なものや必然的なものが一致するからである。あえてシラー自身の術語を使わず、ごくごく平たく言うと、藝術作品は物質であり、感性に訴えかけるものである（ゆえに西洋形而上学的思考では理性や法則、形式に反するものである）にもかかわらず、すぐれた藝術作品を制作あるいは鑑賞するならば、そこにある種の「理性」「論理」「法則」「必然性」といったものを見出さざるを得ない。ゆえに、藝術こそが、感性を理性に繋げる道である。ゆえに、藝術は、個別の「感性的欲求」や利害を抱えた個人を、その上位にある道徳や法、国家に「高める」ことができる。

一一、しかし、ここで言うなれば話の雲行きが怪しくなってくる。つまり、個々人を「国家」に統合することは、彼にとっては「有機的（organisch）」に行われなくてはならない。ゆえに個々人から「ボトムアップ」式に行われる、「藝術による」あるいは藝術としての「教育」の効果として現れる「国家」は、「有機的組織（Organisation）」ではなくてはならない。これはシラー自身が語る通り、古代ギリシャのポリスを理想とする「部分が全体である」ような「組織」だ。部分を切り離しても、その一断片から全体が再現できるような「ポリープ」的な共同体こそが、ここで理想とされている。個々人がすでにそのまま国家であるような国家、そこには個人と国家の対立がそもそもない。ここに何かきな臭いものを感じるのは、正当だろう。無論ここに対比されているのは、それ以前に長く論じられてきた、分断された個々人の社会契約による統合である「機械的国家」であって、ドイツ観念論の、抜き難い「有機癖」とでも言おうか……。ともあれ、ここでは中世政治理論からホッブズ、ロック、ルソーを経てカントとヘーゲルに至る国家理論を辿る時間はない。が、ひとつだけ指摘しておく。ドゥルーズ＝ガタリは「器官なき身体」という概念を提起した。これはフランス語で Corps sans Organes であり、ゆえに「有機的に結合する部分がない身体」という訳も可能である。そしてまた、彼らはこれとは別に「欲望する機械」という概念をも提出したのだった。ここには、かくも長きにわたって政治哲学において論じられてきた有機体と機械という概念の組み合わせを、欲望と身体というもう一つの組み合わせもろともに別様に配分しようとする意志があると私は思う。この Corps が「キリスト教共同体」と言うときの「共同体」の意味を持つこと、そして欲望をしめす désir という語が強く訳せば「神を待ち望む」の意に近世に至るまで使用されていたこともあわせて、明らかにドゥルーズ＝ガタリのこの概念の案出には政治哲学的な含意がある。彼らの哲学を非政治化することは過ちである。

一二、しかし、シラーの立論を「何かきな臭い」だけで退けることはできない。ただ、シラーが理想とした「美的国家」に、ここで不意に反問を投げかけることが可能であろう。その美的国家では、個人と国家のあいだに矛盾がない。そこでは個人が「みずからの振る舞いをどんなに普遍化しても、自己自身の特徴を失うことはない」し、国家は「彼の美しい本能を単に展開するもの、彼の内なる立法のより明瞭な形」にすぎないものになる。個物と普遍を結びつける「藝術」が陶冶する美的国家においては、「私的」な「感性的欲求」や「感官の快楽」をも、同時に人類の欲求として、国家の快楽として追求し、享受することができる。個々人の多様で独自な感性的欲求や快楽を抑圧することなく、それは国家や制度と矛盾しない。どころか、ボトムアップ式にそれは「統合」を形成しさえするだろう。とすると、こういうことにはならないか。シラーの「美的国家」とは、近代資本主義における市場のことではないのか。そこで求められている道徳は、「資本主義の倫理」でしかなく、そこで望まれている自由は、「経済的自由主義の自由」でしかないのでは。まさに私的欲求に基づいた利益追求が、市場を形成し、そこに個々人は「法則」や「必然性」を見るではないか。われわれは、美的国家を生きているのではないのか。あるいはその裏面を。アダム・スミスはフランス革命の最中に死去し、リカードは革命勃発時一七歳だった。

一三、無論、以上はシラーの論旨をすべて覆すものではない。あろうはずがない。なおシラーの哲学は有効であると私は思う。特に「下からの革命」が「上からの革命」になり、「抑圧と廃棄」をもたらすということに対する鋭敏な危惧において。いまだに革命における「下部構造」を云々する人びとは、まだ彼に額ずいて十分に学ぶところがあろう。「社会の経済機構こそが法的、政治的上部構造の土台であり、下部構造の変革こそが上部構造の変革をもたらすのであって、下部構造ぬきの革命など空疎」、などという、マルクスの『経済学批判』序文の理解としてだけでも底が浅い議論は、必ずやシラーの危惧に復讐される時がくる。それは具体的な「個々人の廃棄」として現出するだろう。共産主義であろうが自由主義であろうが、このことは歴史が証明している（新自由主義とは、結局「自由競争」という偽装された「ボトムアップ」こそを最大の手段にしたのではなかったか。その結果は誰もが知っている）。

一四、下部構造と言うが、それは本当に「下部」構造なのか。「生産的諸関係の総体」が形成する「社会の経済機構」（マルクス）は、本当に「法、政治、宗教、藝術、または哲学の諸形態」を含まないか。つまり上部構造とされる「イデオロギー」を。それを区別することは可能か。法や政治なき、（つまり「交渉」「契約」すらもない状態での）経済は可能か。金銭に対する宗教的執着心（これはフロイトとラカンの分析に拠るまでもなく、自明であろう）なくして、経済は可能か。あるいは「経済」は元来「再生産＝繁殖」のための「再分配」の原理としての家政（オイコノミアー）を意味するが、これはビザンツ神学によってキリストが司るものとされた、それは……云々。

一五、ベケットは、シラーの言う美的教育を、そこで可能になる道徳とそれによる有機的国家への統合を、もはや信じなかった。信じることができなかった（これは、ベケットが政治的に「内向」していたということを意味しない。彼のレジスタンス活動、そして非抑圧者への援助はよく知られている）。そしてまた、シラーの問いを別様に引き受けたのも、ベケット主義者たるフーコーだった。

一六、フーコーは、あるインタヴューのなかで、「人間の製造、それは藝術かもしれませんね」と問われて、「そうです、絶対に」と即答している。アルチュセールとともに、彼が考えたのは次のことである。「下部構造」と「上部構造」の区別自体が、その結果でしかないような「何か」がある。上部構造は下部構造から派生するにすぎない、というような俗流マルクス主義ではなく、その二つともがその水準から派生する或る水準について、彼らは考えたのである。フーコーは、とりあえずそれを「規律権力」と呼んだし、アルチュセールは多少今となっては誤解を招く言い方ではあるけれどもそれを「国家のイデオロギー装置」と呼んだのだった。規律、それは、われわれが通ってきたものである。そして此処でもおそらくは、行われていることであろう。つまり、規律権力の場とは、学校や、軍隊や、監獄や、マスメディア等を含むのであって、これらはみなわれわれを「調教」するものである。われわれは小学校で、身体的に数字と計算を「仕込まれた」のだ。数が数えられなければ、経済活動はできない。そしてまた、数字や計算を先天的に知っている人間は存在しない。数字を覚えさせられ、四則演算を覚えさせられ、やがてそれが簿記、会計になって行く。下部構造も、この結果であり、これを前提としている。この過程は、「反復されて」行われるしかない。「2」と書きなさい、と言われたら、「2」と書けるまで反復するしかない。この「2」という数字がなぜ「2」を表すのか、その根拠はないからだ。根拠がない最初の前提を教えるのは、感性的反復によるしかない。仮に、極めて利発な子どもがいたとしても、「僕のオリジナルの、新しい『2』を発明した」といって、新しいその数字の図案を見せても、それは残念ながら無効である。文字も同断であって、われわれは文字の書き取りという調教を経て、こうしてメモをとり、ノートをとり、黒板に字を書いている。われわれはまさに、機械アーティストでも美的アーティストでもない、「教育・政治アーティスト」の「藝術」を受けて「彫り出された」のだ。われわれは「加工」された。幸いにも、ここにいる以上はおそらくは、機械的・美的アーティストがするようには、その過程で折ったり割られたり粉にされたりはしないで。

一七、上部構造と下部構造「以前にある」、そして上部構造と下部構造を「可能にする」、一人ひとりの個体を作る「製造」の水準。無論これは、『道徳の系譜学』でニーチェが詳述していることであり、フーコーの思考の源流のひとつもまたここにある。そして、彼ら二人にとってはシラーの「道徳」はふたたび問いにかけられなくてはならないものであるということも。が、それはさまざまなところで語ったので、省略する。

一八、まさにこのニーチェ＝フーコー的「調教」は、どのように行われたか。われわれの所作、われわれの言動、われわれの文字、われわれの計算は、どのように与えられたか。「あ」、そして「2」と、われわれはどうして書けるようになったのか。シラーが言った通り、これは感性的なもののなかに理性を見させる作業であり、理性的なものを感性的な反復によって植え付ける作業である。「あ」が「あ」である理由は何もない。だが、五〇音をすべて教えられ、それを繋ぐことを覚え、文章を綴ることができるようになると、それには必然性と論理性が出現してくる。数字も同断であり、ただの絵文字としてしか感じられなかった「3」や「9」だのが、順を追って行くに従って、驚くべき数理の世界、理性の世界をひらいていく。感性的なものからしか理性的なものへの道はなく、理性的なものは感性的にしか与えられない。これはシラーが言う藝術と「美的教育」そのものである。人間は、藝術から生まれ、藝術を生き、そして藝術を生む。人間は藝術の結果であり、藝術の原因である。シラー的「循環」。ピエール・ルジャンドルはシラーよりも冷徹に、人間を加工し調教するこの感性的・美的な手段を、「儀礼」と呼ぶことをためらわない。

一九、一八世紀こそを研究した歴史家であるフーコーは、この規律権力こそが「資本主義の離陸」の原因となったのだと断言している。一八世紀に勃興したある「調教の形式」は、資本制と近代国家と世界市場を作り上げたのである。だからこそ、ここにまだ可能性はある。その形式は変わりうる、変えうるということだからだ。

そこには膨大な「危険」があり、誰も確かな瀬を渡っているわけではない。が、われわれの藝術は、それでもなお、われわれ自身の、われわれ人間の製造でありつづける。

二〇、われわれは藝術によって生み出され、われわれは藝術を生み出す。そしてわれわれの子らに藝術を施すであろう。ゆえに、われわれが作品を作ることは、われわれの子らとわれわれの親らを同時に救う。それは、われわれの親らがよい藝術を持っていたことの証しであり、われわれの子らによき藝術を施しうることの証しであるだろうからである。これは僅かな縁《よすが》もない、実に危うい、どんな保証も望めない賭博であろう。だが他に術はない。

二一、われわれは、強靭に作られたことを証明せねばならない。諸君にできることは何か、それは藝術作品を作ることだ。われわれの前の世代の一部が如何に陋劣な自己欺瞞に陥って、このような災禍を招いたとしても、彼らがすべてではなかったということを、われわれはこれから証明しうる。この震災下において、優れた作品を制作することは、決して無意味ではない。それを見て、後世の人がどう思うか。あのような地獄のなかで、彼女ら彼らはこのようなものを作っていたのか、ということになる。

文学や藝術が無力などというような駄弁を弄している暇はない筈だ。われわれは素晴らしく「製造」されたということを証明しなければならない。われわれを作った人たちが間違いではなかったことを、われわれはわれわれの作品に於て証明しなければならない。この災厄の日々のなかで、まったく何も出来なかったわけではないことを。

失敗せる革命よ知と熱狂を撒け
——京都精華大学人文学部再編記念講演会「人文学の逆襲」の記録

ここは京都精華大学という大学組織です。二十五年の歴史がある人文学部が再編するにあたって、来年度から着任する私に「人文学の逆襲」という総題のもと講演をせよという。いま、大学における人文知というものは外部からの圧力によって危機に立っている。そこで「逆襲」が行われねばならない、という、そういう趣向であります。

ですが、この題目は正しくありません。大学と人文知はそもそも敵対関係にあるのですから。少なくとも両者の結びつきは自明ではありません。人文知あるいは人文科学（humanities）というのは当然、多くの語源がそうであるようにキケロに遡ることができます。が、ここではまずルネサンス期の人文主義者（Humaniste）の人文研究（Studia humanitatis）から始めましょう。ペトラルカ、エラスムス、トマス・モア、ラブレー、モンテーニュ、ピコ・デラ・ミランドラ……その他ともあれ人文主義者であると目される人びとは、原則として大学に批判的でした。だから、大学において人文学が重要だ、大学において人文知は守らねばならぬ基礎であるという言説は、歴史的に間違っています。無論、この人文主義の巨人たちはみな、一時は学生として大学に在籍していた。特にエラスムスは短い間ですが教員でもありました。しかし出版印刷というものが発展した時期でありますから、彼らは多くその思想を大学の外において叙述し、発表した。そこでラテン語、ギリシャ語、あるいはヘブライ語に回帰し、人文学あるいは人文知を「創った」わけです。当時、大学ではスコラ学が教えられており、その反動性、保守性に、彼らは時には強く反発しています。彼らは「いわゆる神秘主義」や魔術研究にも没頭していたという研究が最近まで流行していましたが、事情は同じです。大学でそれらが排除されていたことには変わりはありませんから。

人文学者たちは古典に回帰し、ラテン語、ギリシャ語、ヘブライ語を勉強する。

と当時に、何しろダンテ以降の人間ですから、それと同時に俗語、イタリア語、ドイツ語、フランス語、オランダ語、つまり当時はラテン語より一段劣ると言われていた言葉も重要視します。ダンテ、ペトラルカ、ボッカッチョというトレチェントの三大作家が俗語で書いたことは、誰でもご存じでしょう。しかし中世大学はその期に及んでも、まだ俗語を侮蔑していた。人文主義者たちの一部はこうした態度を非難しています。ですから、人文学と大学というものは、そもそもそりが合わない。

なんだか皆さん、卓袱台をひっくり返されたような顔をされていらっしゃる(笑)。これはむしろ思想史上の常識に属することです。今日の講演の歴史的知見について、私はなんら専門性を主張しません。歴史家ではありませんしね。今から述べる歴史的事実は、そのあたりの公立図書館を数日逍遙すれば誰でも手に入る知識にすぎません。

大学改革、経済合理性、有用性、グローバリゼーションに適応できる人材育成、意識の高い学生、……云々、云々、です。何の事だかわかりませんし、知ったことではありません。また、重要なのは、たぶんこのような言葉を声を嗄らしてわめいている人びとも、自分が何を言っているか、この世界をどこに連れて行っていくことになるのか、本当にはわかっていないということです。ですが、これに抵抗しようとする人びとの言説も、自分たちがそう言うことで自らと自らの世界をどこに連れて行こうとしているのか、果たしてわかっているのか。

みなさん声高に言うわけです。いま失われようとしている、あるべき大学ということをね。良き教養主義であり、研究と教育の一致である。つまり専門だけでなく人格のすべてを陶冶する知の集団的な営みであり、それを可能にするのは大学の自治であり、「孤独と自由」である、と。無論この「近代大学」の理念は後に再検討しなくてはなりません。これは一八一〇年、ベルリン大学の創設にはじまります。このフンボルトの理念による、いわば「フンボルト型大学」が、近代大学の起源といってよい。しかし、いまやこれは滅びました。これに回帰することは出来ません。フンボルト型大学における教養主義──自治と人文知と教養と孤独と研究と、「講義」と「論文指導」、「ゼミナール」と「実験室」における学生と教授の間の強い絆と自由な議論。この近代大学の理念に対しては、大学や「アカデミズム」を揶揄してみせることを売りにしている大学外の知識人すら、時に憧憬を隠し切れていない。ですが、この美しい古き良き大学は失われてしまったし、断じて取り戻すべきでない。そう、私は考えます。なぜか。それは結論にとっておきましょう。
さて、プロイセンに生まれたフンボルト型の近代大学に、専門的な大学院というものを付加したものがジョン・ホプキンス大学に生まれハーヴァード大学等に受け継がれた二十世紀のアメリカ型大学云々、ということは、まあ省略しても構わないでしょう。ただ、ここでひとつ指摘しておかなくてはならないことがあります。そもそも人文学部（Faculty of humanities）という言い方が一般化したのは、たかだかこの二十世紀になってからに過ぎないということです。それ以前はどう呼ばれていたか。Faculty of arts、一般教養学部と訳してもいいし、Faculty of arts and scienceと表記して、文理学部などと訳す。あるいはFaculty of letters、文学部であったり、Faculty of philosophy、哲学部ですね。そういう言い方が一般的でした。だから人文学部という言い方自体が、二十世紀に後から捏造されたものです。

さて、順を追って行きましょう。その人文学者が批判した「中世大学」にまで遡って、大学の歴史を皆さんとおさらいしましょう。中世のボローニャにおいて、パリにおいて、オックスフォードにおいて、大学は誕生しました。――という記述は、一応は飲み込めます。が、どうだろう。大学が高度な知の伝達を行う機関であると定義すれば、たとえばインドには紀元前から仏教の高等教育機関がいくつも存在しました。紀元前六世紀からでしたか、仏教はおろかヒンドゥ教哲学の学問の中心地でもあったタキシラを、遙か西方からやって来て一時期支配下に置いたのは誰かご存じでしょうか。アリストテレスの弟子、アレクサンドロス大王ですね。そこからギリシャ、エジプト、ペルシャ、インドという極めて高度な文明の交通が始まる。大王の名を冠したアレクサンドリア図書館にはプトレマイオスやエウクレイデス、アルキメデスが集まり、ヘレニズム帝国の内部には当然多くの学問所がありました。その前にもこのヘレニズム文化を形成した文明が「高等」といって構わない教育機関を持たなかったと考えるのはむつかしいし、無論その後も古代ギリシャの遺産を継承したイスラームの偉大な知の体系があったわけで、だから何の留保もなくヨーロッパの学者がボローニャが大学の起源だと断言するのに出くわすと、――まあ、われら野蛮なる東洋人としては、またか、とすこし首を傾げて肩をすくめてみせるくらいにしておくことにしましょう。あちらの皇帝や王が文盲だった時代に、ここ京都には紫式部と清少納言がいたわけですから。たしかに「大学」という語彙と理念はヨーロッパから発したには違いありませんでしょうしね。

一応、十三世紀の初頭にヨーロッパ中世に大学が生まれます。法学のボローニャ大学、神学とリベラル・アーツのパリ大学、医学のモンペリエ大学、そしてオックスフォード大学。オックスフォードが謎なんですね。なぜあんな辺鄙なところに大学ができたのか、すこしわからない。

そこでまたひとつ、一部の人びとの夢を打ち砕くことになりますが――教養学部というものに過大な期待をもつ人がいますね。企業とか国家の有用性に裨益するグローバルな人材の育成云々の駄弁に反抗するために、「ひとを自由にする学問」たるリベラル・アーツを称揚するという立場がある。そこで豊かな教養を身につけ、全人格的な教育をしよう、とね。残念ですが、これは歴史的にはお門違いです。リベラル・アーツというのは、文法、修辞学、論理学、算術、天文学、幾何学、音楽です。自由七学芸といいます。でも、なぜこの七科目か。中世の初期において、ヨーロッパ人は字が読めなくて学がなくて本も持っていなくて、たった七科目しか勉強させることがなかったんですよ。単にそういうことです。中世初期、ヨーロッパ人はものを知らない。皇帝が文盲ですよ。ローマ・ギリシャ古典古代世界の崩壊というものが、ヨーロッパ人にとってどれほどショックだったかということです。文盲率が莫大に増えて、誰も字を読めない、非常に無知蒙昧なレベルにまで落ちるわけです。そのなかで辛うじて七科目は教えられるというのが、リベラル・アーツの実相です。もちろん典拠となる古典ギリシャ語テクストも実に乏しく、断片的なもので、原典どころか要約しかなかったりする。まあ、この実相の通りでしょう。世のリベラル・アーツ学部、教養学部、あるいは環境人間学部だの社会共生学部だの国際情報学部だの、何かわけのわからないリベラル・アーツの延長みたいな学部だの学科だのが大学改革の旗のもと大量に乱立して、やっぱり中世初期のような無知蒙昧な人間がみずからの劣化コピーを大量に縮小再生産しているわけですね。ろくでもない。まさに、中世大学はこのような状況を脱するために打ち建てられます。ヨーロッパ人が勉強しはじめるわけです。このままではいけない、とね。

しかし、この中世大学を今の大学と同じものだと思ってはいけません。まず建物がないのです。普通、大学と言えば、建物があるわけですね。京都精華大学、京都大学、大阪大学、同志社大学と口にすれば、思い浮かぶ建物がある。あれが大学だ、と指差せるものがある。しかし当時のパリ大学もボローニャ大学もオックスフォード大学も、建物がありません。本体は何か。学生の組合です。つまり、勉強したい学生たちが集まってきて、皆でお金を出し合って教師を呼ぶわけです。それでどこか場所を借りるなり、お金がなければ広場に集うなり、何だったらそこらの丘の上でやったりね。アベラールという偉大な学者が、エッフェル塔のあったあたりで数百人の学生を引き連れて講義をしていました。あそこは昔はただの丘だったんですね。そういうふうに自由な学生たちが集まり、ヨーロッパ中から旅をして、その教師独自の知を求めて集まってきたわけです。それで教師を雇って、学ぶ。ですから大学の本体とは、もともと学生の組合なんですね。国家とか企業とか理事会とかではない。教授会ですらない。自発的な、旅する、移動する学生たちの組合です。もちろん、パリやオックスフォードでは教師の組合が比較的強かったとか、いろいろ個々の事例はあります。そしてまた、このような旅し遍歴する学生の存在は、国民国家はまだありませんでしたが、しかしヨーロッパを隅々まで地域ごと支配していた「司教区」の限定に抵抗することでありました。オックスフォードの教師と学生の一部が出て行って、どうも俺はあっちのほうがいいから付いていくよ、と言ってケンブリッジができる。そうやって、みんな自由に移動する。大学とは、そういう世界だったわけです。

少し話を膨らませますか。これは、まさに十三世紀の話です。十一世紀に出現した吟遊詩人たちは、騎士道物語を歌った。プラトニックな貴婦人への恋心を胸に秘め、諸国を遍歴し、強きを挫き弱きを助ける、騎士道が歌われた。十三世紀以降この騎士道物語は退潮しはじめますが、それと入れ替わるように、知の女神の面影を胸に秘めて、諸国を遍歴し討論で誤謬を打ち負かす、そういった「知の騎士たち」としての学生と教師がいた――と言えば夢想が過ぎましょうか。無論、騎士道物語自体がフィクションですからね。ともあれ、そういう人々が集まって、パリ、オックスフォード、ボローニャあるいはモンペリエで、教師を見つけ出して講義を受けていました。

この十三世紀中世大学の定礎には、或るはっきりとした背景があります。学者ごとに、いろいろな呼び方がされます。「十二世紀革命」「中世の春」「十二世紀ルネサンス」「中世の覚醒」「中世解釈者革命」等々。そこには明らかなる変革があった。

まず、トレドとプロヴァンスという地名をあげなくてはなりません。トレドは今のスペインですね。プロヴァンスは南仏です。トレドとプロヴァンスに巨《おお》きな翻訳所が設けられ、イスラームからヨーロッパに膨大な知が流れ込みます。もうごく一部だと信じたいのですが、ヨーロッパの知識人はいまだに、自分たちの知的な祖先は古代ギリシャであると言うんですね。自分たちは直接古代ギリシャの末裔であると。みなさんご存じの通り、それは正確ではない。古代ギリシャ文明が滅びたときに、あるいは古代ギリシャと古代ローマの後継であり、七世紀にはギリシャ語を公用語にした東ローマ帝国があったときに、一般的にヨーロッパ人はギリシャ語を読める状態ではありませんでした。「ギリシャ語は読まれない」なんて法格言が後々に至るまであったくらいです。古代ギリシャ哲学、文学、科学、藝術、その輝かしい遺産を受け継いだのは、イスラームだった。ムハンマドの革命を経た彼らには、それだけの力があった。ウマイヤ朝からアッバース朝まで「大翻訳運動」と呼ばれるギリシャ語からアラブ語への翻訳作業が行われ、英邁な第七代カリフ、アル・マアムーンは憧れのあまりアリストテレスを夢に見るほどでした。ギリシャ語を訳すということは、つまりヘレニズム文化を吸収するということで、当然ペルシャやインドのものも翻訳する。そこでアラブ語は驚嘆すべき速度で鍛えに鍛え上げられて、四百年にわたって知の言語、世界言語として君臨することになります。ヨーロッパ人だろうとユダヤ人だろうと、世界に通用しようと思ったらアラブ語で書かなくてはならなかった。そのイスラーム帝国内部でユダヤ人が活躍します。ユダヤ人というと漠然とね、ずっとヨーロッパで差別されていたというイメージがあると思うんですが、当時大半のユダヤ人はヨーロッパより寛容なイスラーム圏にいました。税金さえ払えば、学問も商売もできますからね。彼らはもともと国を失っていますから、分散戦略をとります。いくらイスラームが寛容であるからといって、一つ処に知的な富も物質的な富も集めていたら、弾圧をされた時ひとたまりもありませんから、さまざまな都市に分散して拠点をつくる。当然、語学が達者です。そのユダヤ人の助けも借りて、イスラームは古代ギリシャの巨大な知と藝術を急速に消化して骨肉とし、アヴィセンナすなわちイブン・スィーナーやアヴェロエスすなわちイブン・ルシュドといった偉大な学者たちを生み出す。ユダヤ最大の哲学者マイモニデスすなわちラビ・モーシェ・ベン＝マイモーンもイスラーム・スペインで生まれ活動し、アラブ語で著作をしていました。ちなみにマイモニデスはアヴェロエスの九つだけ年下で、おなじコルドバ生まれですよ。彼らこそがヨーロッパに「学問」を教える。単純化を恐れず図式化すると、イスラームがギリシャを伝えた父であり、ユダヤ人がそれを翻訳してくれた兄であり、ヨーロッパはその「子弟」なわけです。──皆さん、なぜヨーロッパ人が反セム主義といって、ユダヤ人やアラブ人をあれほど生理的に嫌い、蛇蝎のごとく憎悪するか、ちょっとよくわからないでしょう。なぜアウシュヴィッツ等であれほどの暴力を振るえるくらい憎むことができるのか、これはわれわれアジア人には少しピンとこない。私が院生のとき、或るフランス文学研究者が戸惑って、「これはヨーロッパの風土病みたいなものだから」と漏らすのを聞いたことがあります。しかし、私は思います。カントの言葉を借りれば、これは「ミゾロギー（Misologie）」だと。これは「学問、理性、知識に対する憎悪」を意味します。つまり、圧倒的に知的に劣っていて、なおかつ膨大な知を与えられてしまった、知的な主体として「造られて」しまった。このことに対する知的な劣等感、なおかつまた嘘をついてまで、自らを騙してまで、自らの歴史を「修正」してまでその知的な劣等感を「無かったことにしたい」という欲望──反セム主義とは、これに根ざす憎悪なのです。ミゾロギー、知的な劣等感は、実は途方も無い暴力の惨禍を生み出しうる。このことを、決して忘れないでいただきたい。知的な劣等感や怨恨からものを言う人間を信じてはならない。まさにカントが言うように、

「理性の使用に長けた者」、つまり一般的な意味では知的な選良とされている人びとのあいだにこそ、こうした劣等感に取り憑かれている人間が多い。そのような人間を見分ける目を研かなくてはなりません。とりわけて今この列島においては。なぜか。イスラーム、ユダヤ、ヨーロッパ。この関係は、もうひとつ別の関係とパラレルです。中国、朝鮮、日本の関係と――。多言を要しません。起源たるギリシャとインドがアレクサンドロス大王の遠征によって接触していたということは、すでに申し上げました。

話を元に戻しましょう。十二世紀、ヨーロッパは遂に覚醒する。イスラームを介して、哲学、科学を、大量に導入する。ギリシャ語の文献もイスラームを経由して入手し、翻訳もする。学問の「準拠」たるべき「テクスト」の量と質が飛躍的に増大する。そのなかで特に注目すべきは、『ローマ法大全』の発見です。十一世紀初頭、その一部である『学説彙纂』の写本がピサで見つかるんですね。これは東ローマ帝国のユストゥニアヌス大帝がトリボニアヌスという法学者に編纂させたもので、ローマが人類に残した最大の遺産と言われるものです。これを聖典に比するものと見做し、百年以上の月日をかけてこれに注釈をつけていく――これがなされ、教えられたのが大学の祖たるボローニャ大学です。彼らは驚嘆すべき努力を重ねてローマ法を吸収し、咀嚼して、キリスト教の「教会法」に接合し、これを鍛え上げて行きます。そしてこれは一一四〇年、『グラーティアヌス教令集』に結実します。ここにローマ法と教会法の双頭の一大法体系が出現する。これはピエール・ルジャンドルいわく、「西洋のもうひとつの聖書」といっても過言ではないものです。これこそ、われわれがその内部で生きている「近代法」の礎であり、起源です。ここで起きたことの巨きさを実感していただくためには、今日は残念ながら少し時間が足りません。これをピエール・ルジャンドルは、「中世解釈者革命」と呼びます。無論、この事態を革命と呼ぶのは、ピエール・ルジャンドルだけではありません。ガブリエル・ル・ブラであるとか、ハロルド・J・バーマンであるとか、オイゲン・ローゼンシュトック＝ヒュシーなど、複数の碩学がこれを革命と呼ぶ。それだけではなく、十二世紀にどうやら大きな変革が起こったらしいというのは、経済史の研究者もふくめて、だいたい歴史家の一致するところです。[1] 法学をはじめとしてあらゆる分野で注釈すべき「テクスト」が爆発的に増大した。十三世紀中世大学の成立には、こうした大きな知的背景があったわけです。

　ではその結果として生まれた中世大学はどういうものだったか。当然、学生というのはその大半が若いですし、しかも故郷を離れて来ていますから——まあ、要するにだいたい酔っぱらっています（笑）。田舎者がパリなんかに出てきてるんで、酒場で暴れる。酔っぱらって酒場の女の子に手を出しちゃって、何が好きかというと「酒と訴訟と女と喧嘩」と言われていたらしくて（笑）。そういう連中で、でも曲がりなりにも勉強はしているから頭はいいという、非常に興味深い形象があらわれるわけです。彼らは故郷を同じくする者同士で集まって、「同郷団」という組合を結成していました。これを「ナティオ（natio）」といいます。まさに「国民（nation）」の語源と同じ言葉です。たとえばパリならば、フランス、ノルマンディー、ピカルディー、イングランドの四つの同郷団から成っていました。この全体のことを「ウニベルシタス（universitas）」と、つまり大学（university）と呼んでいた。念を押しておきますが、この時にはウニベルシタスは宇宙（univers）とか普遍性（universality）と関係は全然ないですよ。ただの組合の全体という意味です。靴屋であろうと、歌い手であろうと、とにかく「組合全体」のことです。そして、そのなかで勉強しながら——どうやら同郷団同士でも同郷団の中でも酔っ払って大暴れして、取っ組み合いの大喧嘩をしていたらしいんですが（笑）、それだけではありません。家主が学生が借りている家賃を上げたり、当然学生が集まると人口が増えて供給が追いつかなくなり、物価が上がるわけです。また、特に書物の値段を上げると覿面です。そうすると学生たちは、団結して抵抗する。一番いい方法は、いなくなってしまう。共謀して街から一斉に学生たちがいなくなる。本が全然売れないばかりではなく、家賃が入らない、酒場で酒が売れない。それはそれで困る（笑）。それればかりか、一部の学生は武器を携行していて、そのまた一部は時に酒欲しさに酒場を襲撃したなんて記録も残っています。また、「教授資格試験（Licentia docendi）」を科して教授資格を独占していたパリ大司教と対立するんですね。自分たちが選んだ教授に教えてもらいたいわけですから。こうなるともう、本当にパリ市は争乱状態になる。もうね、内でも外でも喧嘩腰な連中です（笑）。そして、どうなったか。まあ、彼らは頭がいいです。ラテン語も当然できるわけですね。だから、教皇に直接訴える。一二三一年、教皇から「諸学の父」という大勅書が発せられて、彼らと彼らの教師の自治は認められることになります。これこそ、「大学の自治」の起源なのです。ずるいな。実に頭がいい不良ですね。彼らの手になる、見えない大学の、輝かしい勝利であります。

しかし、です——今日は夢を壊すようなことばかり言っていますけど（笑）。この中世大学を非常に理想化する見方があるのは、確かによくわかるんですね。つまり自由な学問を求めて国境を越えて遍歴していくし、頭もいいし、喧嘩強いし、悪そうだし、なかなか恰好いい奴らなわけです。しかも「ナティオ」の上に大学があるということは、「ネーション」（国民、国家、民族）の上に大学があるということになる。国民国家を超える「大学」の可能性をここに見出そうという人がいるのは、わからないではないわけです。実際、国民国家の成立以前ではあるけれども、確かに「司教区」を超えた自由があったわけですから。そういう見方をする人は、世界中にいます。グローバリゼーションに抗する大学人の運動も始まっています。そこで中世大学を理想とする見方を提起する誠実な大学人がいることも紹介しておきましょう。

しかし、私は——ざっくばらんに言うと、この中世大学ってそんなにいいものだと思わない。まず、最新の研究によると、学生はそんなに自由に移動していないのです。先ほど、パリ大学はフランス、ノルマンディー、ピカルディー、イングランドの同郷団から成るといいました。ピカルディーはベルギー寄りの地方のことです。だから、だいたい今のフランスです。ドーバー海峡を越えてくる変わり者はかなりいたけれど、アルプスは越えて来ない。現在のドイツがないですね。イタリアもないですね。スペインもない。近場じゃないか。というわけで、オックスフォード大学もだいたいイギリス人、ブリテン島の学生たちから成立しています。ボローニャ大学もだいたいイタリア半島の学生がいる。だから、実はそんなに自由に遍歴しているわけではないんです。奨学金もありませんから、貧乏人の息子が行けるわけでもありませんしね。

そしてまた、要するに、——われわれ教師はですね、みなさんのような学生、聴講生に脅されていたわけです。こんな学生たちですから、町の人びとや司教を屈服させたら、次は教授たちを屈服させようとするに決まってるわけですよ（笑）。もちろん、最後の手段は同じく、集団講義ボイコットでした。そうすると聴講料が入りませんから、教師としては屈服する他ないんですね。その他にも、まず、休講することができませんでした。事務所に学費を払って、というような仲介がありません。直接お金を払っているわけですから、ものすごく生々しいわけですね。金を払ってるんだから休講とは何事だ、というわけで、もう吊るしあげられるわけです。そして、教授が街の外に出ないように監視をつけていた。逃げないようにね。もちろん時間厳守です。鐘が鳴ったら席についていなくてはいけない。教授のほうが、です。もちろん、鐘が鳴ったら即座に終わらなくてはいけません。カリキュラムの内容にも試験の内容にも、学生は口を出してきます。でも、それって教育になりますか。「これをこれだけ教える」と言うと、「冗談を言うな」と言われる。「今日はお日柄もよく」なんて冗談を言おうものなら、「早く講義をやれ」と野次られる（笑）。それって、そんなにいいものだったのでしょうか。当然、アベラールのような偉大な学者と学生たちの個人的な結びつきは麗しいものだったでしょう。しかしそれはおそらく例外というべき何かだったのではないか。

そもそも、みなさんお聞きになっていて、なんだか——この中世の学生たちというのは、確かに闊達ではあるが、少し浮かれてはいないかとお思いではないでしょうか。そうなのです。十三世紀というのは、きわめて長期にわたる好景気が続いていたんですね。無論、その背景には十二世紀の知的な躍進と法整備、それに続くインフラの整備があったということは、言えるでしょう。ともあれ、バブルとまではいかないけれども、やはり好景気でちょっとみんな浮かれている。そういう経済的基盤があってこその中世大学の成立だということです。

さて、その十三世紀、パリ大学に侵入してくるものがあります。修道会です。当然ですね。教皇のお許しを得てこそのパリ大学なのですから。ドミニコ修道会であるとか、フランチェスコ修道会であるとか、優秀な修道士が勉強しに来る。当然ながらパリ大学の中心には神学部がありますから、まもなく彼らが神学部の教授になっていくわけです。そこで問題が出てきます。何か。だって彼らは僧侶です。修道士です。究極的には神と――教皇庁の言うことしか聞きません。つまり、彼らは大学の自治なんて知ったことではないのです。教皇とか大司教の言うことを聞いてしまう。大学の自治は、こうして即座に揺るがされることになります。さて十三世紀、パリ大学神学部の教授と言えば、誰でしょう。史上最高の神学者、天使的博士トマス・アクィナスです。そういうことです。大学の自治なんて二の次の立場のはずの教授が、このような水準だった。パリ大学は、教皇権に訴えることによって大学の自治を得て、教皇権によって大学の自治を失うわけです。

そして十三世紀から時代を下るにつれ、大学の自治は有名無実となっていきます。

教権だけでなく、俗権も介入するようになっていく。まあ――トマス・アクィナスがあまりに群を抜いているものだから、嫉妬して授業を妨害する教授たちや学生たちがいたなんて話が残っていますから。教皇庁に許しをもらって喜んでいたのにですよ。みっともないな。これはだめだというわけで、すでに十三世紀から俗権による高等教育機関が設立されるようになります。皇帝フリードリヒ二世は、一二二四年ナポリ大学を創設し、これは史上初の国立大学であると言われます。しかし厳密に言うと、違うんですね。「大学《ユニベルシタス》」ではない。これは「ステュディウム」と名付けられました。学問所とでも訳せばいいのでしょうか。大学のような高等教育機関ではありますが、大学ではないものを建てたのですね。そして次々に俗権の、つまり「国立」の大学が創設されることになります。まずフランスのトゥールーズですが、とりわけ目覚ましいのはイベリア半島です。サラマンカ、リスボン、バリャドリッド、レリダなどに、十三世紀から十四世紀にかけて次々に大学が創設される。みな国王や貴族が創った「王立大学」です。大学と名前はついていますが、「大学の自治」という理念はありません。王立なのですから、あるわけがない。つまり、「大学の自治」というのは現実において、本当に一瞬しか存在しなかったのです。

教権に勅許され、その教権によって破られて。「大学の自治という『伝統』」など、ほとんど幻想です。いいですか、私は大学の自治に反対しているのではありませんよ。それが自明のものとして、伝統として与えられていると思ってはいけないということです。それはむしろ不断の闘争の結果であったし、今でもそうでなくてはならない。外から来る規制に対して、また内なる規制に対しての闘争です。

まず、中世大学が獲得したような「大学の自治」とは無縁であったろうサラマンカ大学を中心に後期スコラ学が大輪の花を咲かせたということは、特筆すべきでしょう。反宗教改革――私の言葉でいうと「対抗大革命」ですが――の牙城の一つになり、フランシスコ・スアレス、フランシスコ・デ・ビトリア、ドミンゴ・デ・ソト、ルイス・モリナなどの俊英を輩出します。彼らはきわめて高度な神学・哲学的議論をものしたのみならず、国際法の大きな礎となり、さらには経済学の起源は彼らにこそあると力説する思想史家もいるほどです。

少し時代を先取りしてしまいましたね。元に戻りましょう。十三世紀の好景気も束の間、十四世紀ヨーロッパではペストが大流行し、景気も悪くなっていく。大学も硬直化していき、中世大学の停滞が始まる。たとえば、もう十三世紀にダンテが現れて、トスカーナ語による『神曲』をものしたというのに、大学はまだ、俗語の使用を否定し続けます。そしてまた、大学は歴史学を軽蔑し続ける。みなさん、歴史学を古い学問、実証的な地味で保守的な学問だと思っていますか。違います、歴史学って新しいんですよ。厳密な史料批判にもとづく実証主義歴史学ができたのは、十九世紀です。偉大な歴史家、カルロ・ギンズブルグが言うとおり、実証主義の歴史の「書き方」というのは、法学に倣ったものなんですね。まさに十二世紀中世解釈者革命以降の厳密な法学の書き方、と言ってよろしいでしょう。数学や物理学のような純粋な「理学」の論文の書き方が今のように定まったのも二十世紀に入ってからで、われわれが考える「学問」の形が定まったのは、かなり最近のことのほうが多い。それ以前の歴史学の叙述は、いわゆる聖人伝や英雄譚のようなものです。司馬遼太郎とあまり変わらない。読み物としてはいいのかもしれない。でも『竜馬がゆく』を史実だと思っていたら困るでしょう。

ともあれ、中世大学は歴史を否定する。教権の影響が強いですから、キリスト教の歴史を厳密に検証されると困るわけです。何とか天皇陵を発掘するのを宮内庁が禁じているのと同じです。文藝も否定する。もちろん精密科学なんて絶対に否定する。彼らにとって科学とは古代ギリシャの科学であって、それ以降の科学の進展は認めません。しかも、十二世紀の変革の余波が途絶え、十五世紀にかけてどんどん教会が腐敗していきます。聖職者は世襲される既得権となり、金銭で聖職や聖なるものを売買し、自分の司教区の農民の娘を手篭めにし、不当な課税を行って庶民を苦しめ……この辺の腐敗からルターの「革命」までの道程は、前著で述べたことがあるので、繰り返しません。[2]もちろんルターの前にも、宗教の変革を求める人々はいた。そのなかには神秘家と呼ばれる人々もいた。しかしこうした人々の出現や変革の要請に、もはや大学は応答する力を持っていません。——いまふと思いついたので、調べて来ていないのですが、たとえばマイスター・エックハルトもウィクリフもヤン・フスも、それぞれの仕方で大学の教授だったのですよね。そして彼らは異端を宣告され、捕縛されたり焚かれたりした。ヤン・フスのときは「フス戦争」にまで事態は拡大した。のですが、さて、大学はその時何をしていたのでしょう。無論、大学の自治は教権に与えられたものですから、抵抗したといっても限界はあるでしょう。そういうことです。

中世大学は、ここまで腐ってしまったわけです。教会とともに。そこで冒頭に申し上げました通り、十四世紀半ばから、エラスムスやトマス・モアといった人文主義者たちが現れてこれを批判することになります。ルターも同時代人です。繰り返しになりますが、人文知と大学は反りが合いません。彼らは出版印刷技術の拡大とともに、大学の外でみずからの思想を語ることになります。これ以上は、繰り返しますまい。

しかし、面白いですね。旧来の大学を批判し、その知のあり方を批判し、知において革新的なことを起こそうとするときに、彼らはどうしたか。古典に回帰するんですね。中世大学も、「十二世紀革命」から、つまり「古典に帰る」ことから始まったのでしたね。それは、イスラームから教えられた古代ギリシャに回帰することだったわけです。それを打倒せんとしてまた新しいことをはじめようとする人々も、やはり古典古代へ、ギリシャへ、ローマへ、ヘブライへ帰る。いつも手段は同じなのです。常に「回帰すること」こそが「真に新しいこと」の開始を告げる。愚かしいノスタルジーでも、通俗的な流行でもない、真の回帰と真の新しさの開始をね。だから、「ルネサンス」なのです。何か始めようと思ったら、「未聞の古いテクスト」を見つけ出して、そこに回帰するというのが一番早いです。一番早いというよりも、この世の真の革命はそこからしか始まりません。そうでした、ルターは聖書を「発見」したんでしたね。ほとんど誰も読んでいなかった聖典を。『切りとれ、あの祈る手を』等で幾度となく語りましたので、繰り返しません。次です。

人文主義者による人文知の批判によって、教権に依拠する大学とその知は大きく揺るがされます。もうひとつ。ルターの「大革命」によっても、大学は衰亡の危機に立たされます。当然です、カトリックとプロテスタントに、大学も分裂するからです。そしてイエズス会などの修道会も独自に大学をつくる。同時に、少しずつですが「科学革命」の端緒もあらわれてきて、これにも大学は徐々に――、一旦ここで質問です。大学は、すくなくとも大学の理念は、一体ここまでで何回滅びていますかね。二、三回滅びていますか。

十七世紀から十八世紀になっても、大学は近代知に対応できない。医学、軍事学、科学、工学といった、貧しいリベラル・アーツには入っていない、しかし基本的な学問に、です。「大革命」こと宗教改革以降の法学の変革にもついて行けない大学も散見される。そしてそこに勃興してきた絶対主義国家は大学ではない、新しい、他の高等教育機関を作る。「アカデミー」を。科学、音楽、芸術などのアカデミーが、イギリス、フランス、プロイセン、スウェーデン、スペインさまざまなところに創設されます。現存するものとしては、ノーベル賞のいくつかを授与する「スウェーデン王立アカデミー」が高名ですね。直接は教育機関ではありません。まずもって膨大な蔵書を誇った図書館であり、名誉ある知識人の社交場であり、なおかつ業績の認定と学位の授与をする機関で、君主に助言をしていました。だから、「大学」と「アカデミー」は別のものです。アカデミズムを「アカデミーに依拠する知的権威」と仮に定義すれば、アカデミズムと大学は歴史上関係がありません。ですから、知識人批判、アカデミズム批判、大学批判を同時にする軽薄な「知識人」を、信用してはならない。オイラー、モンテスキュー、ダランベール、ディドロ、ヴォルテール、ライプニッツ……枚挙に暇がありませんが、彼らはアカデミーの会員です。新しい近代的な科学知にも対応できていた。それだけではありません。土木学校、鉱山学校、工科学校等々、そういう科学技術を教える職業専門学校が設立されていきます。話しが多少前後しますが、カルヴァン派も牧師養成のため「アカデミー」と呼ばれる学校をつくります。カトリックも、大学の神学部では小回りがきかないと判断したのでしょうか、カトリック神学校、セミナリオやコレジオを設立していく。当然、中世大学が夢見た大学の自治というものは、ここにはない。王権や教権が介入して来ます。何年までにこのカリキュラムをやらなくてはいけない、こういう科目をやらなくてはならない、この科目は必修である、試験は何回行わなければならない、教授たるものハンチングなど被ってはいけないとかね、そういうことまで介入されるわけです。学生と怒鳴り合いをするのと、さて、どっちがいいか。それはまあ、教員の個々の資質にもよるのでしょう（笑）。

大学は没落の一途で、もう息も絶え絶えです。ナティオ、同郷団も消失への道を辿ることになります。官僚の人事権という形で、就職先も国家が握っています。そして、三十年戦争という、ドイツ人民の三分の一が死亡するほどの酸鼻な宗教戦争が起こって、そこで遂に学生の移動が、「留学」が制限されます。なぜか。スパイ防止のため、です。というわけで、中世大学とその理念はほぼ破壊され、腐敗の極みに陥ります。どういう有り様だったかというと、要するに不正が横行するんですね。オランダの大学に入ったイギリス貴族の子弟の記録が残っています。彼は入学してから卒業するまで一回しか大学に行かなかった。郵便で大学に願書を出しますね。講義なんて出ません。論文や試験は代筆や替え玉受験で合格します。そして、卒業式だけ行った。それで箔がつくわけですから、貴族の息子には安いものです。じゃあ教員はどうしていたかというと、もうやる気がありませんから、黙認です。いや、黙認どころか、下手をすると大学に来たって講義をやっていないのです。討論も行われていない。「年間三十回やってください」という契約なのに、週二回しか学校に来ないとかね。って、こういう大学教授、日本中にうようよいますよね（笑）。学生も大学教員も、もうやめちゃえばいい。実際、これ、もう終わっているんです。真に学問を志す人は、大学の外に向かう。サロンや研究会、いま僕がこうして話しているような大学外に開かれた講演会、読書会に姿を現して、自分でじっくり勉強していくんですね。学問は、大学の外でも出来ます。

大学の教員にはならなかった、十七世紀から十八世紀の偉大な知識人の名前を挙げていきましょう。ベーコン、デカルト、パスカル、スピノザ、ライプニッツ、ホッブズ――ジョン・ロックは三十四歳で大学講師を辞めてしまいます――ルソー、ディドロ、ヴォルテール……全員じゃん、っていうことです。唯一の例外はニュートンでしょうか。病跡学で言われる通り、また彼の伝記的事実に詳しい方なら周知の通り、アイザック・ニュートンは統合失調症質で、ケンブリッジという豊かな

「繭」のなかでしか生きられなかった人間です。でも彼くらいしかいない。この時代、われわれの常識からすると、偉大な学者は驚くくらいに大学にいない。もう、大学は、ここまでで何度死んでいるのだというくらいに死んでいる。死ねばいいのです。

十八世紀、啓蒙主義者たちは大学を軽蔑している。そして十八世紀、特にドイツ・プロテスタント圏で、「大学改革」が行われる。もう十八世紀からやっているわけです（笑）。どういうことがなされたか。まず、国家の人事権を掌握し、大学を管理する。もちろん、国家の役に立つ学部は残して、役に立たない学部は廃止する。そして、乗馬やダンス、デッサンといった、貴族の子弟という「顧客のニーズ」に柔軟に合わせた科目を増やそう、ということをやります。「現代的な科目」「役に立つ科目」を増やす、といったこともやる。なんとなく見栄えがする人間環境科学とか文化構想学とか表象文化論とかね、どうしようもない科目を増やして、学生を誘う。まったく同じことをずっとやっている。大学改革って、ずっとこうなんです。屍体になった大学を蘇生させようと、八方手を尽くし続けている。大学は死んだ、なんて言葉すら、何のアイロニーにもならないくらいにね。もちろん本は読まれます。だって——さっき列挙した人々が、本を書いているんですよ。それは読むでしょう。それらの書物は革命に随伴し、革命を擁護しまたは再検討し、そして次の革命を準備する本だったわけです。二度のイギリス革命であり、アメリカ独立革命であり、そして——、フランス革命である。

フランス革命が起こる。一七九三年九月十五日、国民公会で或る議決が行われる。フランス全土において大学を廃止するという議決が。ここでフランスの大学は全て滅びます。一旦すべて、最初からやり直しになります。遂にここまで来ました。大学って、何回死んでいますか。

大学は死に、そして突如復活します。一八一〇年、プロイセンのベルリン大学の創設によって。プロイセンはナポレオン率いるフランス軍に敗北を喫し、しかし最後には撃退することに成功します。それなりに輝かしい勝利だったろう。ですが、どう考えてもフランス革命の理念は間違ってはいない。新しい学問、新しい思想を吸収し広めたいが、その思想はプロイセン王国を揺るがすかもしれない。プロイセンは、この危機のなか、しかし教育の近代化を模索するわけです。そこでヴィルヘルム・フォン・フンボルトという言語学者であり政治家であり哲学者であるという

——或る種の天才ですね。カントに私淑していた人です。五年間に三回、カント全集を読んだという。この人にベルリン大学を創設させます。このフンボルト理念によるベルリン大学こそが、われわれが失われつつある「古き良き教養の国」として憧れる、あの近代大学の祖です。無論、こういう「起源」には「神話」がつきもので、フンボルトが実際にはどれだけ近代大学の理念の成立に寄与したのか疑問視する意見もあります。そこには「伝統の創出」があったのではないかという、「神話」にはつきものの「神話批判」がある。確かに史料をみれば、彼がどれだけベルリン大学の創設に直接関与したのかは疑わしい。が、とりあえずそれは措いておきましょう。

さて、このフンボルトの理念はどういうものか。とはいっても、フンボルトの業績全体ではなくてフンボルトの大学の理念だけで、すでに一つの研究分野となりうるものですから、ある程度簡略化してお話しします。まず、フンボルトが目指した教育を一言でいえば、一般人間教育（allgemeine menschenbildung）です。これは実は、みなさんよくご存知のはずのものです。つまり、まず国家や社会に役立つための、専門的で局所化された知識を与える職業教育ではなく、全人格的な向上をうながし、あらゆる人間に必要な教養を与える教育だということ。だから「一般」なのですね。もう一つ、つまり——要するに、よく言われる言い方をすれば、魚を与えるのではなくて釣りの仕方を教える、ということです。素材や内容にかかわらず、それに対する「形式」を、「型」を教えるということです。ほら、みなさんすでにご存知でしょう。ほとんどこれは陳腐ですらある考えであることに気づかれるでしょう。しかし、それはこのフンボルト理念が強力であり、われわれの常識となるまでに広まったということを意味する。この menschenbildung の Bildung という言葉もなかなか厄介で、教養、陶冶、教育、形成などなどさまざまな訳語が可能です。簡単に言えば「自分を探す遍歴の旅に出て、他なるものの経験を経て、また自分自身へ帰ってくる」ということなのですが、翻訳論をやったときに少し詳論したことがあるので、省略します。[3]

一般人間教育と、もうひとつ。フンボルトは研究中心主義を打ち出す。つまり、まず大学の教育者は研究者でなくてはならない。ただの出来合いの知識の売人であってはならない。そうではなく、未聞の知を発見し、未来に向かって知を発明していく人間でなくてはならない。と同時に、教育はその発表の場でなくてはならない。

だからフンボルトにおいて教育と研究は相反しない。なおかつ、学生も出来合いの知識の買い手ではなくなる。つまり、学生も未来に向かって、未聞の知を発見すべく研究しなければならない。教師は学生のために存在するのではなく、教師と学生はともにまだ見ぬ知のために、「学問」のために存在し、協働するわけです。高邁ですね。むろんこの高邁な理念において必要なのは「孤独と自由」です。孤独というのは、まずもって大学の外部、国家や市場からの干渉を受けないということです。だから「自由」なんです。そこで「ゼミナール」が重視される。研究し、研究発表し、討論し、——「研究させることによって教育する」ことがなされる場だからです。そうやって未来の知のために、人類の飛躍のために、全人格的に高め合っていくわけです。簡単にいえば、これがフンボルト大学の理念です。

しかし、——フンボルト理念は当初から奇妙な両義性を内部に抱え込むことになる。順を追ってお話しします。このフンボルト理念に基づく近代大学というのは旧弊を拭い切れない既成の大学への批判として現れた。ではその数ある旧弊のなかでも、とりわけても見やすい旧弊とは何だったのでしょうか。そう、大学は俗権や教権に支配されていたのですね。ということは、どうなりますか。すぐに予想がつくでしょう。つまり、教授職が世襲になってしまうのです。選挙地盤を血縁で継承していて、能力は全く問われない世襲議員、安倍晋三とか麻生太郎とかみたいなものになる。貴族というのは財産としてまず「荘園」を持つわけですから、当然、大学の職というのは「領地」がついてきます。だから、土地を世襲させるように教授職をも世襲させるし、土地を売買するように教授職も売買するわけです。いやあ、腐ってますね（笑）。延々述べて来たように、大学は「自分だけが死んでいることを知らない屍体」です。腐るのは当然です。ともあれ、フンボルトはこのような世襲制を批判する。だから業績主義を導入して、縁故主義を切断しようとするわけです。当時も、そして今に至るまで、本当に切断できているのか、きわめて怪しいですけれどもね。二世議員、三世議員も多いですが、みなさんが思われるよりも二世学者、三世学者も多いですから……。さて、フンボルトは業績主義を導入します。むろん腐りきった縁故主義よりは、いい。でも、何か嫌だなという感じがちょっとしてきましたね。業績主義って、本当に業績の質をしっかり判断できる人が人事権を掌握していなければ、あっさり官僚化するのは目に見えているでしょう。つまらない論文を量産する人間やくだらない「箔が付いている」人間がもてはやされるようになるわけです。さて、ここで捻れてきます――フンボルトは、もちろん「孤独と自由」を強調した人です。ゆえに、別の理念によって「大学の自治」を強く打ち出す。ところが、大学の人事権を大学に与えませんでした。大学の人事権を政府に委ねてしまうんですね。なぜか。大学を信頼していなかったから。依然としてまだ大学教員の多くは「世襲教授」なのですから、彼らに任せると、また息子たちにやらせるに決まっている。だからフンボルトは大学に人事権を与えないのです。

そうです。この国家との捻れた関係というものが、フンボルト型近代大学の特徴です。フンボルトは大学の人事権を国家に渡した。言うまでもなく大学は国家に依存している。大学は国家のための人材を生産する場であり、国家の成長のための発明をする場である。だからこそ、単なる職業訓練的・専門的な教育をしてはならないのであって、全人格的な教養を育む「一般人間教育」が必要であり、「研究と教育の統一」「孤独と自由」が必要なのだ――だから、フンボルト理念というのはそれ自体、一種の「厳粛な綱渡り」なんですね。国家に依存し、国家に役立つためにこそ、国家からの「孤独と自由」が必要だというロジックを出してくる。ここに近代大学の危うさはすでに全部出ている。しかしフンボルトの理念は――少なくとも

「理念」は——世界中に広まるわけです。その証拠に、みなさん、以上述べたフンボルトの理念をご存じでしたでしょう。フンボルトという名は知らなくても、なんとなくこういうことなのだろうなと、すでに知っていたでしょう。

　無論、このころヨーロッパ列強は植民地を持っていますから、その植民地の大学もフンボルト理念を吸収する。そして、その後もさまざまな改革を余儀なくされていく。このあとフランスもきわめて中央集権的な仕方で大学および高等教育機関を再編しますし、一九世紀にその改革に乗り出してこれに失敗している。一九世紀末にはフンボルト理念に影響を受けて大学院を独立させて専門教育に対応し、なおかつ大衆教育に対応するアメリカ型大学が出来てくる。そして一九世紀から二〇世紀にかけてイギリスでは……まあ、このへんで止めておきましょう。切りがありません。フンボルト理念による近代大学の設立に立ち戻りましょう。綱渡りではある。あるが、これは確かに高邁な理念と強い影響力を持った新たな高等教育機関の成立であった。なぜこんなことができたか。ベルリン大学初代総長はフィヒテで、テクストを読んでもフンボルト理念をかなり共有している。シュライエルマッハーもこれに協力している。ではそのフンボルトの前に、ベルリン大学創設の前に誰がいたか。カントが、ゲーテが、シラーが、ヘルダーが、クライストがいたわけです。ということは当然バッハもハイドンもモーツァルトもいる。同時代にはフィヒテやシュライエルマッハーの他に、シェリングもヘルダーリンもグリム兄弟もいる。シュレーゲルもいるしノヴァーリスもショーペンハウアーもいる。ベートーヴェンやウエーバーやシューベルトもいる。ヘーゲルはベルリン大学の総長を務めます。ハインリヒ・ハイネはそのヘーゲルの講義を熱心に聴講して、その後には革命の詩人として……もうそろそろいいですか（笑）。ぼやぼやしていると、ベルリン大学が創設して二〇年もしないあいだに、シュティルナーもヴァーグナーもマルクスもエンゲルスも生まれてしまいます（笑）。多くは申しますまい。これだけの背景があったわけです。十三世紀、中世大学の成立に、イスラームを介してギリシャ哲学を吸収し、またローマ法を発見するという巨大な知的な裏打ちがあったということは、お話しました。それと同じように、フンボルト理念による近代大学の成立にも、このような知的基盤があったのです。

しかし、このフンボルト理念による近代大学は、たった百年少しで破滅することになります。一八四〇年代になるとドイツ近大大学は、急速にフンボルトの「綱渡り」がもっていた緊張を失い、実学中心、専門教育中心に雪崩れて行っていた。ナポレオン戦争以降、ウィーン体制が成立します。ご存知の通り、これは復古主義的なもので、フランス革命を「失敗」とし、あたかも「無かったこと」にして、その以前にヨーロッパを戻そうというものでした。このウィーン体制に抵抗して、一八四八年革命が起きます。フランス二月革命、ドイツ三月革命ですね。これはブルジョワではなく、学生や労働者、市民を中心とした革命です。ドイツ各地で蜂起した市民たちは時には軍と衝突しつつ勝利を勝ち取っていく。フランクフルトにドイツ国民議会が設立され、ドイツ国憲法を制定するなどの成果をあげます。そして「諸国民の春」と呼ばれる、革命的状況が訪れる。そこで、大学人はどう振る舞ったか。

有名な少数の哲学者は自由思想をもっていますから、これに強く共鳴し、支持します。しかしほぼ大多数の保守的な大学人は、沈黙し、何もしなかった。或いは当局に密告した教授もいたという記録もあるそうです。――待ってくれと言いたい。カントはフランス革命を敢然と支持していますし、ゲーテはフランス革命に従軍して、「ここから新しい世界史が始まる」と言ったという逸話を残しています。若きヘーゲルも熱狂的にフランス革命を支持していた。なぜそれの後継者たちがこの有り様なのか。またもや、ふたたび、もう、腐っている。あれほどの先人に恵まれながら、あれほどの先人たちの業績に守られながら、それを既得権として、です。

ブルジョワと貴族にドイツ大学は占められてしまい、「孤独と自由」は体制の変革など許容しない彼らの既得権になってしまいます。それ以下の階級は、やはり就職のために大学に来るわけですから、大学は職業学校化する。ドイツでは官僚になることが出世の近道ですから、ここでも就職先が国家に握られている。国家のために役立つように、産学連携が推し進められ、一八八七年にはベルリン帝国理工学研究所が設立される。やはり同じ光景が繰り返されるわけです。そのような大学のなかでも、幾度となく革命的状況の先頭に立ってきた学生運動の系譜は続きます。しかし、ビスマルクは貴族階級と対立する「自由学生団」を「学生プロレタリア」と決めつけて、徹底的に弾圧する。

そして今、非常勤講師の問題というのが取り上げられていますね。ブラック大学早稲田なんて言われていて――いや、僕、早稲田で非常勤やってるんですけどね（笑）。早稲田大学はたしか六割くらいの講義を非常勤講師にやられている。安い給料で、社会保障もなきに等しい。新聞記事か何かで読んだんですが、計算した人がいたんですね。専任教員と同じ給料を貰おうとしたら、非常勤講師は一日四十八時間働かなくてはいけないそうです。そういう無茶苦茶なことになっている。でも、これも実はドイツに先例がある。一九一四年、ニヒト・オルディナリアン運動というのが起こります。直訳すると、「非常勤講師運動」です。そのままですね。うんざりさせられる話なんですが、ずっとこうなんですよ。フンボルト理念による大学が腐っていたように、われわれも腐っているわけです。

そして――決定的な破滅が訪れます。政権をとる遙か前、一九二〇年代末のことです。ドイツの大学はドイツの他のどの社会団体よりも、最も早く、もっとも無抵抗に――ナチスに屈服することになります。易々と。愚劣な教師たちは、大戦前の輝かしいドイツ帝国への愛国的なノスタルジーに取り憑かれており、諸手を挙げてナチスの侵入を許した。学生にはヒトラーのように第一次世界大戦に従軍した者もいた。その敗北の屈辱から極右活動家となり、スペインのファシスト義勇軍に参戦した人間がたくさんいた。彼らによって、大学はあっという間に極右化した。ナチスは他のどんな団体よりも容易く、大学を手なづけたのです。そして教員と学生は嬉々として、左翼やユダヤ人を迫害し追放する。ドイツの大学は、そしてフンボルト理念に基づいた近代大学は、ここに崩壊した。なんという無残な敗北か。無論、ここ日本でも事情は同じです。繰り返しましょう。大学など、死ねばいいのです。

蓮實重彦という人がいます。元東大総長ですね。その総長時代の演説でこういうことを言っている。すなわち、神学や形而上学などというものを基盤としている時代遅れの中世大学に戻ることはナンセンスなのであって、「あくまで近代国家の成立と不可分な制度としての十九世紀的な大学を起点と」しなければならない、と。つまり、十九世紀最初の年に成立したフンボルト理念に基づく大学に回帰しなくてはならないと言ったのです。ありえませんね。この十九世紀的な近代大学がいかに急速に体制に屈し、堕落していったか、そして手もなくナチスに——ファシズムに屈服したか、われわれは見てきたのですから。この歴史的事実に関する留保もなく、何かしら対策も考えないままこんなことを言うのは、単に脳の髄まで飼い慣らされているということでしかない。職務上知らないで済むことではないでしょう。ファシズムに屈服しているではないですか、現に、いま。皆さん、ご存知でしょう。福島の原発事故以後、東京大学の公式サイトに、放射線は「人体に影響を与えるレベルでなく、健康になんら問題はない」って書いてあったんですよね。で、当然批判を受けた。無論、東大の教師もまともな人はいますから、署名を募り、総長に質問状を出してこの文言を書き換えさせた。最終的には七十余名の署名が集まったそうです。——が、カントなら「上級学部」と呼ぶであろう工学部と法学部の教員の署名はゼロ人、医学部は匿名で二人だったという事実は、われわれを失望させてあまりある。

では、どうすればいいのか。立ち戻る場所を、回帰の場所を間違ってはいけません。そうですね。カントを、読み直してみましょう。ひょっとすると、俊英フンボルトが読み逃したカントが、そこにいるかもしれませんから。カントの『諸学部の争い』という最晩年の論文に立ち返りましょう。彼は大学の学部を二つに、上級学部と下級学部に分けます。上級学部は神学部、法学部、医学部です。下級学部は「哲学部」です。カントによると、この哲学部には今でいう歴史学、地理学、言語学、数学、自然科学も含まれます。しかし、「上級」学部は——実はそれ自体で独立したものではない、或るものの「下に」あって「服従」を強いられたものであることが明らかになります。カントは、これらの学問はすべてみずからの学説を理性からのみ導き出すことができない、と言う。つまり、神学は「聖書」に、法学者は「国家法」に、医学者は「医師法」に依拠せざるを得ない。教会あるいは国家という外部から規定されて、それに従わざるを得ず、理性だけに従うことができないというわけです。つまり「真理」ではなく国家が要求する「有用性」に従わなくてはならない。無論、ごく簡略に言えば、現行法ではなくあるべき法に殉じようとする法学者や、医師法や公衆衛生を担当する官庁の規制に逆らって人体の科学的真理に基づいた医療を求める医師がいないわけではないでしょう。ですが、やはりそこには限界があろう。いわく、「法令それ自身が正しいかどうかと問いなおすことは、法律家たちによって不合理なりとしてきっと拒否されるに違いないからである」。つまり、逆に言うとカントはそういう「法学部」「法学者」を批判しているのだと理解してくださってもよい。また、彼は特に法学者と神学者に対してこう言います。つまり彼らは責任を取らない、と。法律の実務家たちが依頼人に間違った助言をし、損害を被らせても、責任を負わない。神学者たちも――自分たちが現世で言う通りに来世で裁かれる、これは保証すると口先では言うけれども――では自分の言っていることが本当に真実だと言明することはできない。そんなの、責任をとれるわけがないし、とるわけがないですからね。カントは医者はまだましだと言いますが、さて、どうでしょう。

人間は「幸福」を求めるものです。あるいは「成功」をね。神学は「死後の幸福」を、法学は現世の自分の権益を守るという幸福を、そして医学は生命の健康と長寿という幸福を与えようとするわけです。哲学者は、真理しか語りません。だから、幸福について次のようなことしか語らない。すなわち、「正直に生活すること。どんな不法もしないこと、享楽においては節制し病気にあっては忍耐すること」。つまらないでしょう？（笑）。そうです、真実がつまらなくても、真実を言わなくてはならない。それが哲学者です。カントは、「幸福」や「成功」は偶然によるのであって重要ではない、自分が「正しい」ならば幸福や成功は二の次だと考える人ですから。もっと言えば、「幸福になること」「成功すること」が第一に目標に来る人は、善への理念が無いのだ、ということになる。なぜって、実は自分が正しくないことをしているのは判っていて、良心の咎めを感じて生きているのに、それで「失敗」して「不幸」になったら、悲惨でしょう。手元に何も残らないでしょう。正しいことをしているならば、失敗しようと不幸になろうと、どうということはない筈です。「正しい」の定義をふくめて、なぜカントがそういうふうに考えることができたのかは、残念ながらお話する時間がありません。しかし、カントはそう考える人です――いや、カントだけではない。哲学者たるものそう考えなくてはならない。くだらない人生訓を垂れ流し、射幸心を煽る人間は、哲学者ではない。

そしてここで、カントはすこし戯《おど》けたような文体で――私は、ちょっと野暮ったいようなカントのユーモアを好ましく思う一人です――こう口真似をしだすのですね。つまり、「あなた達哲学者がそうやって喋ってることなんておのずと先刻承知なんであって、あなたたち学者から教えてもらいたいのはこういうことだ、たとえ好き放題に人生を過ごしてしまったとしても、どうしたら門が閉じるぎりぎりに天国への入場券を手に入れることができるのか、不法なことをしているとしても、どうしたら裁判で勝てるのか、たとえ自分の身体の力を心ゆくまで楽しく享楽し濫用してしまっても、どうしたら健康でいられ長生きできるだろうか」、そういうことが聞きたいんだって。これに対してカントははっきりとこう言います。つまり、こういう人々は学者を「占い師」や「魔法使い」のように思っているのだと。そして厚かましい学者は自分がこのような「奇蹟」を行う人間だと言いふらす。そこで人々はその学説の「魔術的な力」を「迷信」として信じてしまう。こういう学者を「信じて」いれば「理性」を使う必要がない、つまり頭を使わなくて済みますから。そして、上級学部の学者にはこういう人間がいるんだ、とカントは言うわけです。

やはり何時の時代もこういう連中はいるのだなということになってしまいますが――これは何を言っているかというと、今で言うとオカルトめいたダイエット法や健康法だのを喧伝してまわる医者であるとか、自分が力説していた経済政策が政府に取り上げられて施行されても何も効果がない、どころか格差は拡がり景気は悪化し自殺者は増えている、と見るや何の責任も取らずすっかり息を潜めて口を噤んでしまっている経済学者どもとか、こうすれば成功できる、幸福になれると声を張り上げて、いかがわしい心理学に依拠する処方箋を売りさばいている経営学者、つまり自己啓発とかライフハックとかですね（笑）。ああいう連中のことを言っているのだと思えばよろしい。冗談ではないのですよ。対立していると見られることの多いピエール・ルジャンドルとジル・ドゥルーズが共通して「経営管理」を痛烈に批判し、ミシェル・フーコーが最晩年の講義で早くも新自由主義を精緻に分析し批判していることの意味を考えてみていただきたい。[4] こういう流行に自ら嬉々として飛び込んで人々に「生き方」やらを説く自称哲学者すらいるわけですからね。こういう「上級学者」がいるわけです。いくらでもこんな連中はいる、みなさんの周りに、そして目前に。そしてあなたがたは真理を奪われているわけです。真の生きる力を収奪されているわけです。このような魔術、このような迷信によって。すでにカントが二百年以上も前に批判しているというのに。

こういう非理性的なものに対して、真理と理性によってのみ思考する哲学者と哲学部はどうするか。理性に基づかない、有用性であるとか、権威であるとか、あるいは人々の射幸心を煽る魔術的なまやかしであるとか、こういったものに対して哲学はどうするか。闘争です。この「争いは決して終了しえないのであり」、「哲学は争いに対して常時備えていなければならないのである」。そして実に、カントに触れたことがある者なら何か懐かしくなるような、実に彼らしい皮肉を言い放ちます。――「この争いは政府の威信に決して損害を与えるものではない。けだしそれは政府と学部の争いではなく、学部と学部の争いに」過ぎないから、「政府はこれを静かに傍観していればよろしい」。勝つつもりですね。カントだもんね。重ねて彼はこう言います。「上級学部の階級は（学知の議場の右翼として）政府の規約を支持するが、それにもかかわらず、真理が問題である場合にはなくてはならない自由な体制においては、どうしても野党（左翼）も存在しなくてはならず」、「これは哲学部の議席である」。

カントによれば、哲学者と哲学部はそもそも「闘争をやめない知の左翼」でしかあり得ないのです。そしていつか、下級学部が上級学部にとって代わる日が来るであろう、と彼は言う。しかし、それだけではありません。その程度のことしか言わないなら、カントなど読む必要はありません。

カントは第二部「哲学部と法学部の争い」のなかで、次のように語り出します。つまりわれわれはいま「才気煥発《ガイストライヒ》なる国民の革命」——フランス革命です——が生ずるのを見てきた。その革命が「成功しようとも失敗しようとも」（強調筆者）、「この革命が悲惨と残虐行為に満ちているとしても、私は言う、この革命はあらゆる観察者の心のなかに」「熱狂（Enthusiasmus）」「望ましい共感」を生み出すのである、と。

実はカントはこの「熱狂」を、『判断力批判』の中ではっきり定義している。熱狂は「情動（Affekt）」をともなった「善なるものの理念」であり、「この心の状態は崇高である」。「熱狂なくしては、偉大なることは何一つなされないであろう」。熱狂というとあやしいな、大丈夫かな、と思うかもしれません。そうです、冷静沈着なるカントも一旦「熱情はそれとしては非難に値するから」と言って留保を置きます。しかし次の行で即座にこう言い放つ。「真実の熱狂はいつもひたすら理想的なものに」「純粋に道徳的なものに向かい、利己心には接ぎ木されえない」。「革命を起こす者に反対した者たちは金銭の報酬を受けたが、にもかかわらず、革命家の心に純粋な法概念を生み出した熱情と魂の偉大さに匹敵するほど心が高められることはなかったのである」と。そしてこの「非常に普遍的で非利己的な共感をもって歓声を上げ」て「成功への試み」に向かう人類は、「好戦的ではありえない体制、すなわち共和制」をめざすのである、と。思い出しましょう。カントは『永遠平和のために』のなかで、「積極的な理念」としての永遠平和のためには、あらゆる国を専制から解き放ち、共和制に移行しなければならないと言っていたのでしたね。革命が生み出すこの熱狂は、あるべき法へ向かって人類が進化している徴しであり、そしてその来るべき法と体制は決して戦争を許すものではない。

そしてフランス革命を「無かったこと」にしたウィーン体制の成立を目前にして、

カントはこう述べます。「人間歴史におけるこのような進化の現象は、もはや忘却することができない」。「たとえこの出来事によって意図された目的が今でもまだ達成されていなかったり、あるいは或る民族の体制の革命や変革が結局は失敗し」「以後万事がふたたび以前の軌道に連れ戻されるにしても」。なぜなら、「あの出来事はまことに重大であり」、世界中に影響を与え、機会あらばさまざまな民族の記憶のなかに、「この種の新しい試みを反復するために喚び起こされることだろう」。「かくして、ここに意図されている体制は人類にとってこのように重要な事柄だから、最後にはいずれかの時に、繰り返された経験による教訓が確固たるものとなって、万人の心のうちに作用を及ぼさずにはいないのである」。[5]

善への、永遠平和への理念としての熱狂、その共感。それは忘却することができず、必ずや、「万人の心のうちに作用を及ぼさずには」いないのである。正しいのだから。失敗しようとも。

言うまでもないことです。二〇一〇年代は熱狂の時代、革命と抗議行動《プロテスト》の時代である。それは爆発的に増加している。いまわれらは世界市民の抵抗を目前にするばかりではなく、その運動のただなかにある。現に。これは単なる事実の確認にすぎません。煽りではない。煽るのは上級学者のやることで、われわれには関係がありません。二十カ国近くで行われた「アラブの春」、そして八十二カ国で行われた「オキュパイ運動」ばかりではない。アイスランド、アイルランド、メキシコ、スペイン、イギリス、トルコ、インド、アメリカ合衆国、香港、台湾、日本……枚挙に暇がありません。いまわれわれは熱狂の時代を生きている。カント的熱狂の時代を。[6]

結論です。大学も、人文知も、リベラル・アーツも、必要ではありません。それらの連関は、必然ではありません。情動を伴う善の理念、永遠平和の理念に熱狂する知の集団が、一部の人間の利益でなく、世界公民のために理性を使用する者が集う、カント的大学が必要なのであります。それはまだ現れていない。フンボルト的大学には、熱狂が欠けている。理念が欠けている。革命が欠けている。永遠平和が欠けている。この上級学者たち、経済学者、経営学者、似非物理学者、似非心理学者、自己啓発知識人、この連中にうんざりしているでしょう。御用学者に絶望したでしょう。あの震災、あの事故のあと、一度となく学者を軽蔑したでしょう。当然です。嘘をつき、一部の階級の利益のみを考え、「利己心」のみに突き動かされ、「魔術的」な迷信を強制する者たちを、どうして尊敬できるというのか。震災以降、オカルトや疑似科学が蔓延していることと、この上級学者が跋扈していることは、矛盾しないのです。矛盾しないどころか、これは同一の現象である。カントの言うごとく、彼らは占い師であり、魔法使いなのですから！　これに対する不断の闘争こそが哲学者の仕事であり、「哲学部」に結集する真の学者たちの責務なのです。

　思い出しましょう。この熱狂は『判断力批判』で定義されたということを。近代美学を定礎し、あらゆる藝術に関する思考が一度はそこに合流する巨大な湖のような書物は、未だに現代藝術すらをも透徹し、見晴かす知見にあふれている。そこで、熱狂は語られた。哲学部には、藝術も属するのではないかと、私は言いたい。ピエール・ルジャンドルが言っています。経営管理がいくら跋扈しようとも、「われわれが藝術という迎え火を絶やすことは決してないのである」。

　今まで語ってきたことを整理します。単に、事実を整理するだけです。覚醒する十二世紀が、中世解釈者革命が中世大学を生み出した。人文主義が大学を痛打し、ルターが起こしたドイツ大革命が大学を引き裂いた。近代市民革命が大学を蔑しつつその外で起き、フランス革命がついに大学を粉砕した。しかしそのフランス大革命こそが、フンボルト近代大学を創り出した。そして近代大学は破滅した。――革命と大学の運命は常に必ず連関しており、革命は大学を破壊しもするが、大学が新しく生まれる時には常に革命が先行する。だから、こうです。

カントになるか、さもなくば革命だ。

最後に。フンボルト理念によるドイツの大学がナチスに屈服し、占拠されるなか、五人のミュンヘン大学の若者が、一九四二年から三年にかけてミュンヘン大学でビラを撒き、ナチスを批判する抵抗運動を行いました。彼らは五人とも即座に処刑された。これを「白バラ抵抗運動《ヴァイセローゼ》」といいます。彼らが命を賭けて撒いたパンフレットを読み上げましょう。「なにゆえにドイツ国民は、これら残忍非道をきわめる犯罪を目の前にして、かくも無感動であるのか？ それに思いをひそめる者は、ほとんど一人もいないのである。事実は事実として受けとられ、済んだものとして片付けられる。そして再び、ドイツ国民はその鈍重愚かな眠りを眠りつづけて、これらファシスト犯罪者どもに、暴威をふるいつづける勇気と機会を与える。そして彼らは、実際に暴力はふるいつづけるのである」「そしてついにドイツ人がこの鈍磨から立ち上がることがなければ、どこでなりともこの犯罪者の一味に抗議し、数十万の犠牲者に同情することがなければ、必ずや、そういう結果をまねくに至るのである。いや、感じなければならないのは、単に同情のみではない。それよりもはるかに大きなもの、すなわち同罪を感じなければならないのだ。なぜならドイツ人はこの無感動の態度によって、彼ら凶悪の徒にそういう行動をする可能性を与え、かくも果てしない罪を背負い込んだこの『政府』を許容しているからである。いや、だいたいこういう政府が成立し得たことに、ドイツ人は責任があるのではないか。誰でも自分はそういう同罪をまぬかれたいと思い、無罪を言い立てて、それから再び、まったく良心に咎められることなく、眠りにつく。しかし彼は自分に無罪を宣告することはできないはずである。誰もが有罪、有罪、有罪なのだ！」「戦争が勃発するまで、ドイツ民族の大部分は目をくらまされていた。ナチ主義者はその正体を見せなかったが、それがわかった今、これらの野獣を殲滅することこそ、ドイツ人のおのおのがなすべき唯一にして最高の義務、いや、最も神聖な義務でなければならない」。このようなビラがいくつかあります。メンバーが起草した六番目のビラを撒いた四日後、中心メンバーであるショル兄妹とクリストフ・プロプーストは斬首刑によってこの世を去る。この白バラ抵抗運動のなかの二人は兄妹でした。ゾフィー・ショルという二十一歳の女性がいた。彼女に民族裁判所の長官がこう尋問した。「一体どうしてこういうことをしたのだ」。彼女はこう答えたそうです。「結局は誰かが始めなければならないのだから」。

以上です。ご静聴ありがとうございました。

1 佐々木中『切りとれ、あの祈る手を――〈本〉と〈革命〉をめぐる五つの夜話』(河出書房新社)、二〇一〇年、第四夜を参照。

2 佐々木中『切りとれ、あの祈る手を――〈本〉と〈革命〉をめぐる五つの夜話』(河出書房新社)、二〇一〇年、第二夜を参照。

3 佐々木中『踊れわれわれの夜を、そして世界に朝を迎えよ』(河出書房新社)、二〇一三年、五六頁以下。

4　佐々木中『定本　夜戦と永遠』下巻（河出文庫）、二〇一一年、第七章以下を参照。「自己啓発」とフーコーの「自己への配慮」がどう違いどう同じなのかについては、同書第八章を参照せよ。

5　無論精緻な再検討が必要とされる箇所である。「熱狂」は早くからカントの著作に登場する概念であり、たとえば初期の『美と崇高の感情に関する考察』では「狂信（Fanaticism）」と厳密に区別されているし、『判断力批判』においても本文で述べたようにはっきりと肯定的に提起されてはいるものの、しかし「熱狂」は「審美的に崇高」なだけであって、「脱情動（Affektlosigkeit）」のほうがより高く評価されている。そもそも「崇高」という概念が対象と「距離」を置いた「審美的」な「態度」に帰せられるものであり、またそうでしかないことも勘案せねばならないだろう。その「崇高」を可能にする「傍観者的態度」もいまだ『諸学部の争い』のなかには見られる。ただ、この論文の「歴史批判」的な論点においては、そもそもこの「歴史」の「外」は存在しないはずであり、完全な「観察者」も存在しないはずである。ここで「熱狂」は新たに、善への、永遠平和の理念への人類の進歩を垣間見せる歴史的兆候として、明らかにそれまでの留保を拭い去られ、今までにない肯定的な概念として提起されている。

6　この直接行動の時代にあって何としても回避しなくてはならないこと、それこそ本稿でもすでに述べた、カントの言う「ミゾロギー」だ。カントは言った、「理性の使用に長けた者」こそが「ミゾロギー」に陥ると。大学、専門家、知識人の堕落の極みにあってなお、知と理性に代わるものはない。イタリアの詩人パゾリーニは、警官隊と対峙する学生を揶揄し、学生はブルジョワでありエリートであって、警官になる他なかった貧しいプロレタリアを支持するとと言った。しかしこのようなアイロニーは過ちであり、ミゾロギーである。パゾリーニに皮肉を言うとすれば、本文にあるビスマルクの言葉「学生プロレタリア」を用いるのが適当だろう。現在、学生は貸与奨学金や不当な学費に苦しみ、アルバイトという非正規労働の恰好の供給者となっている。学生も労働者《プロレタリア》も同じく、つまり「われわれ」は同じく、ひとしなみに新自由主義的な「収奪」の対象である。われわれは「学生プロレタリア」である。さて、学生プロレタリア、すなわち労働者と学生と知識人と藝術家と……等々のあいだの連帯を、あるいはストリートとサブカルチャー……等々のあいだの連帯を、妨害し分断しようとする者こそ「『知的でない』ことを売りにする悪しき知識人」であり、「知識人批判を売りにする知識人」である。彼らはミゾロギーに取り憑かれていて、そうである自分にすら気づけない。彼らは恣意的に分断と連帯を選びとったあと、それを後から知的に根拠づけることはできる。だが分断や連帯かを「判断する」ための知的な根拠づけを必要としない。ゆえにたやすくダブル・スタンダードに陥る。現に「上級学者」であるか、さもなければ「上級学者」に媚びへつらう。彼らのもたらすのは、党派争いと屈従と惨禍である。

（二〇一四年一〇月二五日）

跋

『アナレクタ・シリーズ』と銘打たれた『足ふみ留めて』『この日々を歌い交わす』『砕かれた大地に、ひとつの場処を』『この熾烈なる無力を』の四冊から筆者が単独で行った講演のみ再編集文庫化し、新たに二〇一四年秋に行われた講演「失敗せる革命よ知と熱狂を撒け」を付したものが本書である。

結果、二〇〇九年から二〇一四年一二月にわたってリアルタイムで行われた思考の跡がしるしづけられることになった。それは或る重大な日付を、複数の変動を告げる日付を跨いでいる。

読者とともに、私は一歩先も見えぬ昏みのなかを歩んできた。われわれが苦難とともにくぐり抜けてきた日々を。われわれが声を嗄らしてきた、そして沈黙を余儀なくされてきた日々を。が、些細な語句の訂正以外は文言を変えなかった。それは許さるべきではない。そしてまた、それは必要ではなかった。実際、動乱や惨禍や災厄を「から騒ぎ」にするのは、常にそれに直面して「態度変更」を言い立てる愚かな「上級学者」とその追随者のみである。それに与することがなかったことは、ささやかだが確固とした幸運であった。このたぐいない幸運こそを、私は読者と分かち合い、歓びたいと思う。

この企画を進めてくださった阿部晴政氏に心からの感謝を。

佐々木中

二〇一四年　向寒

自己の死をいかに死ぬか　『足ふみ留めて──アナレクタ1』（河出書房新社、2011年）
歓び、われわれが居ない世界の　同右
「夜の底で耳を澄ます」を要約する十二の基本的な註記　『砕かれた大地に、ひとつの場処を──アナレクタ3』（河出書房新社、2011年）
砕かれた大地に、ひとつの場処を　同右
屈辱ではなく恥辱を──革命と民主制について　同右
変革へ、この熾烈なる無力を　『この熾烈なる無力を──アナレクタ4』（河出書房新社、2012年）
「われらの正気を生き延びる道を教えよ」を要約する二十一の基本的な註記　同右
失敗せる革命よ知と熱狂を撒け　本書初出

仝《どう》
selected lectures 2009–2014

二〇一五年 二 月一〇日 初版印刷
二〇一五年 二 月二〇日 初版発行

著　者　佐々木《ささき》中《あたる》
発行者　小野寺優
発行所　株式会社河出書房新社
〒一五一−〇〇五一
東京都渋谷区千駄ヶ谷二−三二−二
電話〇三−三四〇四−八六一一（編集）
〇三−三四〇四−一二〇一（営業）
http://www.kawade.co.jp/

ロゴ・表紙デザイン　粟津潔
本文フォーマット　佐々木暁
本文組版　有限会社中央制作社
印刷・製本　中央精版印刷株式会社

Printed in Japan　ISBN978-4-309-41351-8

定本　夜戦と永遠　上

佐々木中　41087-6

『切りとれ、あの祈る手を』で思想・文学界を席巻した佐々木中の第一作にして主著。重厚な原点準拠に支えられ、強靭な論理が流麗な文体で舞う。恐れなき闘争の思想が、かくて蘇生を果たす。

定本　夜戦と永遠　下

佐々木中　41088-3

俊傑・佐々木中の第一作にして哲学的マニフェスト。厳密な理路が突き進められる下巻には、単行本未収録の新論考が付され、遂に定本となる。絶えざる「真理への勇気」の驚嘆すべき新生。

道徳は復讐である　ニーチェのルサンチマンの哲学

永井均　40992-4

ニーチェが「道徳上の奴隷一揆」と呼んだルサンチマンとは何か？　それは道徳的に「復讐」を行う装置である。人気哲学者が、通俗的ニーチェ解釈を覆し、その真の価値を明らかにする！

なぜ人を殺してはいけないのか?

永井均／小泉義之　40998-6

十四歳の中学生に「なぜ人を殺してはいけないの」と聞かれたら、何と答えますか？　日本を代表する二人の哲学者がこの難問に挑んで徹底討議。対話と論考で火花を散らす。文庫版のための書き下ろし原稿収録。

後悔と自責の哲学

中島義道　40959-7

「あの時、なぜこうしなかったのだろう」「なぜ私ではなく、あの人が？」誰もが日々かみしめる苦い感情から、運命、偶然などの切実な主題、そして世界と人間のありかたを考えて、哲学の初心にせまる名著。

集中講義　これが哲学！　いまを生き抜く思考のレッスン

西研　41048-7

「どう生きたらよいのか」——先の見えない時代、いまこそ哲学にできることがある！　単に知識を得るだけでなく、一人ひとりが哲学するやり方とセンスを磨ける、日常を生き抜くための哲学入門講義。

森の思想

南方熊楠　中沢新一〔編〕　47210-2

熊楠の生と思想を育んだ「森」の全貌を、神社合祀反対意見や南方二書、さらには植物学関連書簡や各種の論文、ヴィジュアル資料などで再構成する。本書に表明された思想こそまさに来たるべき自然哲学の核である。

クマのプーさんの哲学

J・T・ウィリアムズ　小田島雄志／小田島則子〔訳〕　46262-2

クマのプーさんは偉大な哲学者⁉　のんびり屋さんではちみつが大好きな「あたまの悪いクマ」プーさんがあなたの抱える問題も悩みもふきとばす！　世界中で愛されている物語で解いた、愉快な哲学入門！

人間の測りまちがい　上・下　差別の科学史

S・J・グールド　鈴木善次／森脇靖子〔訳〕　46305-6　46306-3

人種、階級、性別などによる社会的差別を自然の反映とみなす「生物学的決定論」の論拠を、歴史的展望をふまえつつ全面的に批判したグールド渾身の力作。

意味の論理学　上・下

ジル・ドゥルーズ　小泉義之〔訳〕　46285-1　46286-8

『差異と反復』から『アンチ・オイディプス』への飛躍を画する哲学者ドゥルーズの主著、渇望の新訳。アリスとアルトーを伴う驚くべき思考の冒険とともにドゥルーズの核心的主題があかされる。

ディアローグ　ドゥルーズの思想

G・ドゥルーズ／C・パルネ　江川隆男／増田靖彦〔訳〕　46366-7

『アンチ・オイディプス』『千のプラトー』の間に盟友パルネとともに書かれた七十年代ドゥルーズの思想を凝縮した名著。『千のプラトー』のエッセンスとともにリゾームなどの重要な概念をあきらかにする。

哲学とは何か

G・ドゥルーズ／F・ガタリ　財津理〔訳〕　46375-9

ドゥルーズ＝ガタリ最後の共著。内在平面―概念的人物―哲学地理によって哲学を総括し、哲学―科学―芸術の連関を明らかにする。限りなき生成／創造へと思考を開く絶後の名著。

哲学の教科書　ドゥルーズ初期

ジル・ドゥルーズ〔編著〕　加賀野井秀一〔訳注〕　46347-6

高校教師だったドゥルーズが編んだ教科書『本能と制度』と、処女作「キリストからブルジョワジーへ」。これら幻の名著を詳細な訳注によって解説し、ドゥルーズの原点を明らかにする。

ニーチェと哲学

ジル・ドゥルーズ　江川隆男〔訳〕　46310-0

ニーチェ再評価の烽火となったドゥルーズ初期の代表作、画期的な新訳。ニーチェ哲学を体系的に再構築しつつ、「永遠回帰」を論じ、生成の「肯定の肯定」としてのニーチェ／ドゥルーズの核心をあきらかにする著。

フーコー

ジル・ドゥルーズ　宇野邦一〔訳〕　46294-3

ドゥルーズが盟友への敬愛をこめてまとめたフーコー論の決定版。「知」「権力」「主体化」を指標にフーコーの核心を読みときながら「外」「襞」などドゥルーズ自身の哲学のエッセンスを凝縮させた比類なき名著。

喜ばしき知恵

フリードリヒ・ニーチェ　村井則夫〔訳〕　46379-7

ニーチェの最も美しく、最も重要な著書が冷徹にして流麗な日本語によってよみがえる。「神は死んだ」と宣言しつつ永遠回帰の思想をはじめてあきらかにしたニーチェ哲学の中核をなす大いなる肯定の書。

知の考古学

ミシェル・フーコー　慎改康之〔訳〕　46377-3

あらゆる領域に巨大な影響を与えたフーコーの最も重要な著作を気鋭が42年ぶりに新訳。伝統的な「思想史」と訣別し、歴史の連続性と人間学的思考から解き放たれた「考古学」を開示した記念碑的名著。

服従の心理

スタンレー・ミルグラム　山形浩生〔訳〕　46369-8

権威が命令すれば、人は殺人さえ行うのか？　人間の隠された本性を科学的に実証し、世界を震撼させた通称〈アイヒマン実験〉——その衝撃の実験報告。心理学史上に輝く名著の新訳決定版。